青梅竹馬絕對不會輸的戀愛喜劇

OSANANAJIMI GA ZETTAI NI MAKENAI LOVE COMEDY

SHUICHI NIMARU

[作者] 二丸修一

[插畫] しぐれうい

VOLUME:ONE

1

Kadokawa Fantastic Novels

CONTENTS

NAME
丸末晴
被青梅竹馬黑羽喜歡，
第一個喜歡上的對象卻
是白草，得知她交了男
友而戀情翻船。

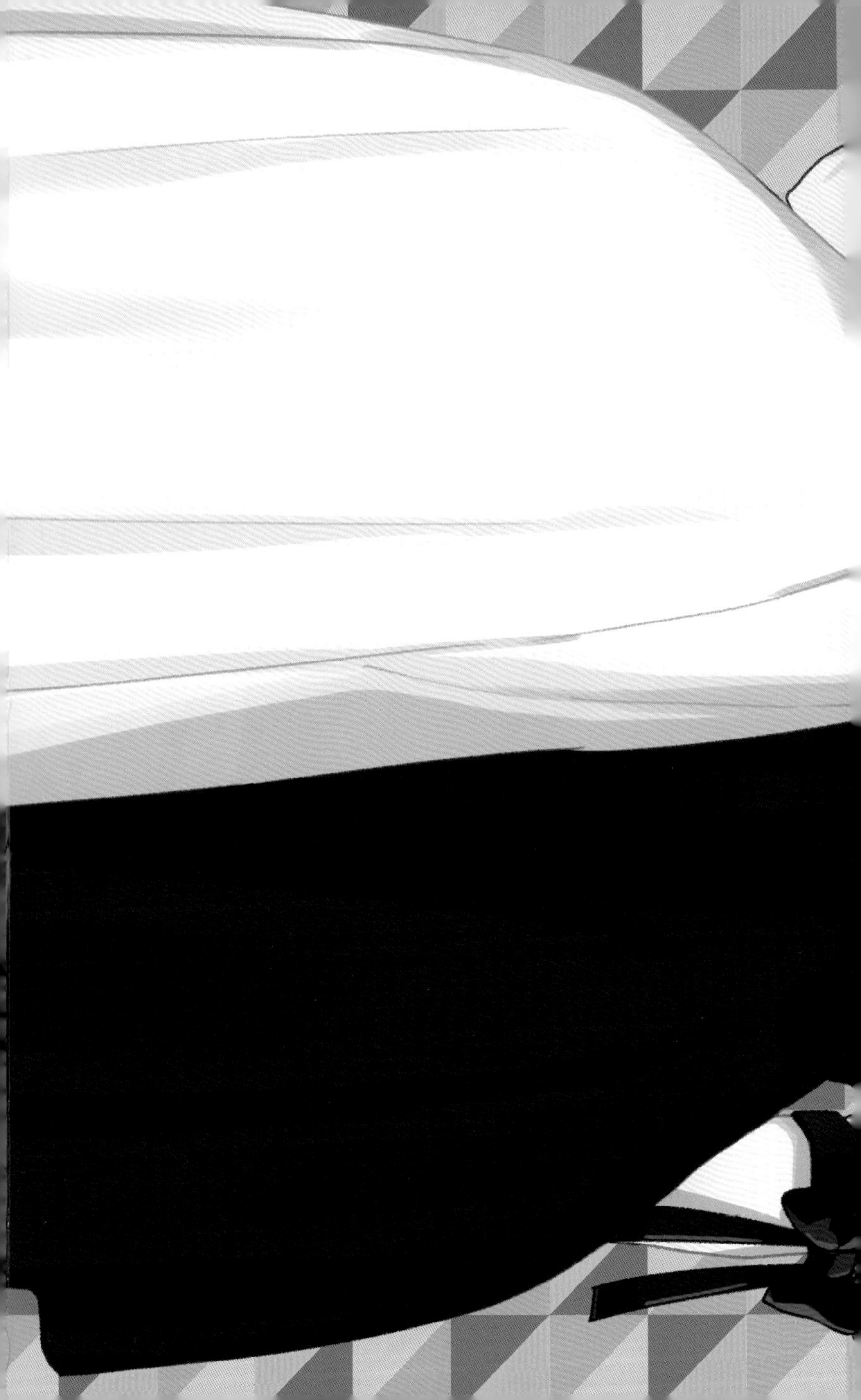

青梅竹馬絕對不會輸的戀愛喜劇

OSANANAJIMI GA ZETTAI NI
MAKENAI
LOVE COMEDY

1

〔作者〕
二丸修一
SHUICHI NIMARU
〔插畫〕
しぐれうい

Kadokawa Fantastic Novels

序章

＊

「那個，妳是一年E班的可知同學對不對？」

墜入戀情的那瞬間，是能分辨的嗎？

在戀愛經驗豐富的人當中，當然會有人說只要觀察就看得出來吧。不過老實講，我會懷疑那是不是自認看得出來而已。

因為我覺得戀愛不是用墜入的。

「你是……」

她回過頭，稍微嚇了一跳，然後不知為何露出了笑容。

事情出於巧合。

我走路喜歡繞一小段，到車站總是不走最短的路線，而會沿著堤防繞遠路去車站。

理由很單純。因為我不用補習，也沒有參加社團活動，就不趕時間。再說這條路走起來比較舒服。

於是我被可知白草騎腳踏車追了過去。

她跟我不同班級，但是我聽過好幾次她的傳聞。

——據說，她是小說家。

跟我讀同年級就已經出道當小說家，屬於次元有點不同的人。

此外，她漂亮得不得了，性格又冷漠得不容許他人親近，無論何時看見都是獨來獨往，而且跟周圍格格不入——可說是天上天下唯我獨尊的強悍個性，也足以構成讓人好奇的要素。

所以我試著讀了她的小說，然後直接受了感動。

我在不知不覺中變得想找她搭話。

然而她即使獨處也會成為注目焦點。因為她平時都沒有跟人講話，我去搭話就會相當引人注目。心靈軟弱的我光是想像就退縮了，猶豫再三的結果總會變成「今天先作罷好了」。

而巧合就在此時來臨了。

追過我的她把腳踏車停到路旁，爬上了堤防的階梯。

看來她似乎想遠望河景。

周圍沒有任何人，這是向她攀談的絕佳機會——這種時機，我想不會有第二次。

我為心跳加速還開始冒手汗而差點決定「今天先作罷好了」的自己打氣以後，才向她搭話——就是開頭的那句台詞。

「印象中，你是不是G班的丸同學？」

「——咦！」

老實講，我嚇著了。沒想到她居然會認識成績、相貌和運動能力都平凡的我。

「我記錯了？」

「啊，不是的！沒、沒錯！我姓丸！我就是G班的丸末晴！虧妳認得我耶！」

「只要是同年級的人，大致上我都能把姓名和長相對到一起。」

不愧是高中一年級就出道當小說家的才女，講出來的話與眾不同。

「所以……你找我有什麼事？」

她長長的黑色秀髮隨風飄逸。

看傻了眼可不行。她是以冷漠著稱的，假如我愣在這裡——

『沒事還跟我搭話？真瞧不起人。我可不是展示櫥窗裡的模特兒，想消遣的話請回好嗎？』

下場便是被她用這種話語無情對待。學校裡就有男同學像這樣遭到拒絕而心情低落，我看過好幾次了。

形狀優美的嘴唇彷彿迫不及待要數落我了。

但我並沒有非分之想，我用這一點鼓舞自己，並且在吞下緊張後把話一舉說了出來。

「——小說，我讀過了。」

她的眼皮顫了一下。

「……我寫的小說？」

「對，可知同學寫的小說。」

她間隔了一次呼吸，然後往上瞟著我問道：

「……能不能讓我聽你的感想？」

我在腦海裡回味小說的內容。

主角是十一歲的少女真白。她笨拙而內向，因此遭到霸凌，拒絕上學，繭居在自己所想像的世界當中。後來那變成既非幻想亦非現實的世界，她便在那裡遇見開朗活潑的同齡少年晴斗。

這部作品得到文學性評價的地方在於它從正面刻劃了名為霸凌的社會問題。少女的苦惱和予以化解的途徑被夢幻般的文筆及暗喻所點綴，卻又描寫得逼真生動。

真白透過遇見晴斗獲得勇氣，到最後，在她打破霸凌的瞬間，晴斗就隨之消失的那一幕，讓我忍不住盈淚。

沒錯，就因為這樣。雖然我的口才不像評論家那麼好，還是想表達出感動——我就在衝動驅使下將想法坦率地告訴她。

「內容非常棒。我受到了感動。」

她用手捂住嘴邊，眼睛睜得斗大。

眼眶凝聚了一絲眼淚。她似乎比我想像的還要高興。

她放鬆那張被人形容成冷血的漠然表情，朝我嫣然一笑。

「——謝謝。能聽你這麼說真讓人欣慰。我有努力至今……實在太好了。」

後來我跟她並沒有聊得多熱絡，對話就結束了。

我對自己說出了一直想表達的想法感到欣喜與滿足。

但是不只這樣。她的笑容沒來由地留在我的腦海。

我又想跟她講話了。

好不容易跟作者攀談，早知道就把優點講得更詳細一些了。比如角色好在哪裡、哪一幕讓我受了感動之類。

當我如此思索時便察覺了。那不就只是想找藉口跟她講話嗎？與其說是聊小說，我不過是想跟她講話吧？

於是，我發現。咦，難不成，我喜歡上她了？我心想。

「不不不，沒那種事啦。」

哎呀～～初戀給人的感覺不是應該更猛嗎？比如緊張到睡不著，或者面紅耳赤講不出話之類。我又沒有發生那種狀況，何況她漂亮歸漂亮，光這樣就迷上她也不對勁吧？

當我冒出這些念頭時，「毒」早已在全身蔓延。

沒錯，這是毒。

戀愛不是用墜入的，而是會蔓延到體內上下，侵蝕人心——我如此認為。

起初未能察覺，不知不覺中就被入侵全身，察覺時已嫌晚了。

高中一年級的冬天。

我遭到戀愛之毒入侵了。那是我的初戀。

其之一 甩與被甩的三角關係

＊

第二學期開始後，學校就瀰漫著跟平時不同的氣氛。

並不是因為大家沉浸在暑假的回憶，或者作業沒寫完而煩惱。

緊張，以及不安。沒錯——這是由於文化祭近了。

私立穗積野高中的文化祭有某項學生會主辦的活動。那是在七年前，由一位開明又具備傲人領袖魅力的學生會長所發起，據說取材自電視節目的企畫內容。

而那位學生會長在商討學生會於文化祭要推出什麼活動之際，似乎曾這麼說過：

『女生要告白有情人節的機會可以依靠。那麼，男生就沒得靠嗎？』

因此，學生會主辦活動「男高中生的吶喊」——外號「告白祭」正在逼近。

大家會隨著第二學期開始的同時開始焦慮，多半是暑假一無所獲的關係。放暑假就會有什麼際遇吧？心裡懷著像這樣的淡淡期待，卻在全然落空後便開始新學期了。糟糕，怎麼辦？起步得太慢了。當大家如此後悔時就會想到。

不，等一下。我們學校有「告白祭」。幸好文化祭是九月十五日，這樣的話就足以挽救。

像這樣到下定決心為止的思路，都屬於常套公式。不過在這之後，還要通過冷靜下來苦思的洗禮。

畢竟告白是在全校學生面前，體育館的舞台上，即使是頗有膽量的人也會害怕得雙腳發抖。然而冒風險的價值是夠的。「告白祭」促成情侶在一起的機率非常高——據稱是這樣。

還有說法認為這算是一種吊橋效應。在全校學生面前被告白的女生會受到怒濤般的壓力與羞恥心折磨，陷入錯亂狀態。這樣就手到擒來了，只要再補一句告白，即使女方其實並不喜歡男方，也會忍不住點頭。唉，坦白講是真是假頗令人懷疑，全校私底下卻都傳得煞有介事。

此外也有說法指出：鼓起勇氣的男生會比平時帥三倍；情侶在一起以後因為大家都看在眼裡就不易分手，可以長長久久，風險跟回報是相稱的。

就因為這樣，我們這些在暑假沒闖出什麼名堂的廢男生，新學期才剛開始便忙著在腦袋裡跟自己搏鬥。

「——所以嘍，末晴，你有什麼打算？」

午休時間的教室。一手拿著三明治來找我講話的人，是坐在對面，光看外表就覺得輕浮的褐髮男生。

甲斐哲彥——與其說他是朋友，還比較接近損友。從高中一年級分到同班被他搭話以後，我們無意間發現彼此合得來，就建立了總是像這樣一起吃午餐的交情。

「嗯？你說什麼打算？」

「就是『告白祭』啦。末晴，你會不會出馬？」

「為、為什麼要問這個啊？」

我悄悄地別開目光嘀咕，哲彥就毫不留情地補刀。

「末晴，你講話結巴了耶。」

「唔……」

我硬是忍住想大喊的念頭。

（這你該懂的嘛！）

我如此心想，可是把話講明了就等於招認自己有喜歡的女生，因此我把臉轉開敷衍過去。

實際上我是打算參加「告白祭」。

無女友資歷十七年。

小學時，我的心態是：女朋友能吃嗎？

國中時，我稍微起了興趣卻又覺得事情離自己很遙遠，始終都在瞎起鬨。

高中時，身邊有伴的人逐漸變多，我開始覺得：沒女友是不是很慘？

而高中二年級的夏天就在我東晃西晃之間過去了。

但是我差不多該正視現實了。

想也知道嘛，總會有一絲期待。也許我喜歡的女生會主動來告白啊——諸如此類的期待。唉，雖然毫無根據就是了。不然彼此應該也會在之後的學校活動拉近距離。用不著心急，關係肯定能順利進展才對，會有辦法的。

夠了，才不可能有那麼便宜的事啦啊啊啊啊啊啊！

——我就此醒悟了。

正因如此，我不希望在「告白祭」之前被人曉得自己喜歡的對象是誰。

（……話說，哲彥這傢伙——）

要談到喜歡的對象，應該算頭號機密吧？這傢伙怎麼隨口就問啊？萬一在旁人面前穿幫，還被調侃：「末晴，原來你喜歡○○啊？哦～～？沒事啦，你喜歡就好嘛（笑）」那我可就活不下去了。

不曉得哲彥是否懂我的心思，他用手肘拄著桌子，把豬排三明治塞到嘴裡。

「末晴，你平常不知該說是想法好懂還是平凡耶。」

「怎樣啦，哲彥，你在挖苦我嗎？」

「不，我是單純有疑問。畢竟你『明明那麼有天分』──」

人有想聽別人說的話以及不想聽別人說的話。

對我而言，哲彥剛才的台詞就是後者的典型句。

「……我們講好不提那件事的吧。」

「是是是。我知道啦～」

哲彥並無反省之色，他只是露出挑釁的笑容。

反正我也曉得他就是這種人，趁早淡忘以後便張嘴吃起了紅豆麵包。

「所以嘍，話題帶回到『告白祭』。」

「煩耶。你自己又怎樣？不出馬嗎？」

我把問題拋給哲彥，哲彥就賊賊地笑了。

「啊，你要問這個喔？」

哲彥彷彿等待已久地刻意撥起蓋到眉毛的柔順褐髮。

「目前呢，我交往的對象有七個，不過實在有點嫌麻煩了。你想嘛，我本來是安排一個星期每天可以輪，可是六日只跟一個女生過未免可惜吧？所以嘍，要加碼雙倍，偶爾我還可以連跑三場約會應付，但調整起來還是很累人。我在想差不多該過濾出一條大魚，再趁『告白祭』把對方搞定，你覺得呢？」

「猛耶。能煩人到這種地步真夠猛的，我聽完都想殺人了。」

面對普通人，我還可以吐槽「裝帥是吧？」或者「你在耍蠢嗎？」就解決了事，然而哲彥不太一樣。

他是真的超受歡迎。

唉，看臉就曉得。哲彥是個型男，所以受歡迎是當然的。

不過——

「我說啊，你不是在放暑假前才被發現腳踏三條船，被女生聯合起來無視你嗎？現在怎麼又一口氣劈腿七個人了？」

「白痴，她們當然都是別校的女生啊。畢竟以校內女生的標準來講，我的地位可是比垃圾還不如。舉例來說……你看。」

哲彥露出一口白淨的牙齒，朝窗邊的女同學揮了揮手。

女方是美術社成員，性格文靜，屬於不曾冒險跟哲彥有過交往關係的普通女生。

而她注意到哲彥以後，頓時臉都歪了，還轉開目光，完全不顧平時品行良好的形象，朝窗外「呸」地吐了口水。

「我被人渣看了一眼，真不舒服。走吧！」

她抛下這句台詞，然後就逃也似的跟朋友們去了走廊。

「——懂了沒？」

「還問我懂了沒！夠嚇人的！你究竟被嫌棄到什麼地步啊！被女生那樣對待還能若無其事，心臟這麼強反而讓人覺得厲害了啦！」

「咦？女人不就是靠欺騙男人而活的生物嗎？互有欺騙才是公平的關係，就算被嫌棄也不痛不癢吧，你說對嗎？」

「別問我對不對來尋求贊同！我既不了解也無法產生共鳴！」

說真的，這傢伙實在是人渣。

長相出色，成績也還算排在前面，運動神經又好。

人品卻渣到把一切都糟蹋掉了。

這就是名為甲斐哲彥的男人。

「末晴，話說你能猜到我想在『告白祭』釣的大魚是誰嗎？」

我腦海裡晃過了某個少女的臉，但是我不想被看出來，就裝成不曉得。

「誰曉得。我姑且聽聽啦，講啊，你想在『告白祭』跟誰告白？」

「可知白草——」

一瞬間，冷漠視線與稚氣笑容，還有順風飄來的洗髮精香味一起從我的腦海掠過，感覺呼吸停住了。

「——要是我這麼說，你有什麼打算？」

哲彥正在賊笑。他似乎樂壞了。

「……錯了喔。」

「咦？你說什麼？」

「我並沒有任何想法喔。」

「末晴，別擺出那種反應好不好？裝得太過頭會讓我替你感到羞恥。」

我腦袋裡好像有某條神經斷線了。

「我要幹掉你。剛才決定的。」

「啊～～！等、等一下！你是認真的吧！何必氣成那樣……啊，是可知耶。」

「！！！？？？」

我的心臟猛然一跳。

哲彥的視線朝向我背後，表示我只是沒看見，而白草已經來到附近了。

我連要勒住哲彥都忘了，總之為了避免做出丟人的舉動，我用空下來沒事可做的右手將不平整的頭髮捲在食指上轉了轉。

於是哲彥以只差沒吐舌做鬼臉的輕佻態度告訴我：

「啊，抱歉，是我看錯了。」

「說真的，我可以幹掉你嗎！我想殺人的情緒沒辦法平息耶！」

「末晴，我是把你當朋友啦，不過老實講我現在覺得好玩到就算友情告吹也無妨。」

「你口中的友情，簡直膚淺得嚇人！」

「啊，可知。」

「我說啊，哲彥，再怎麼樣我也不會中同一招兩次——」

「叫我有什麼事？」

「咦——？」

悅耳的嗓音讓我嚇得回過頭，可知白草就在眼前。

「呃，不是的，奇怪？可知？為什麼妳在這裡？」

「何必問為什麼，這裡是教室，有我在才自然吧？」

「啊，這倒是沒錯啦，但妳平常不是都跟峰在學生餐廳吃嗎？」

「芽衣子有事要分開行動。她是說很快會回來，我就提早用完餐了。」

白草的語氣冷淡得宛如對我完全沒有興趣。

然而這可不代表我遭到嫌棄。她原本就是這樣講話的。

白草對待女性朋友也一樣冷淡，旁人都曉得她是個冰山美女。

心跳加劇的我為避免露餡，裝得一副平靜。

這是因為白草依然漂亮得過火。

凜然而清純。她光靠儀態就能展現出跟其他女生的格調差異。也許該稱為聖域吧，甚至有股肅然氣息讓我懷疑：是否只有她身旁的空氣得到了淨化？

白草的髮型是王道的黑色長髮，髮質烏亮有彈性，而且滑溜。假如白草允許我幫她梳頭髮，那種魅力肯定會讓我巴不得梳到永遠。

而她在制服底下藏著連寫真偶像都會相形失色的豐滿胸脯和臀部，大腿還穿了高筒過膝襪。簡單說就是「身材惹火」，但她並沒有輸給夏天的暑意，都包得好好的。

我看見白草，總會想起先人留下的至理之言。

──「露出來的內褲就算看了也沒什麼好高興」。

諸君可有參透？被遮著才讓人想看，具風險才有其價值。

白草不容他人開玩笑的冷漠、毫無破綻的舉止都位在跟色情相反的極端，卻「身材惹火」。說穿了，我想表達的是「白草從存在本身就夠色了──」這一點。Q．E．D，證明完畢。

不過可知白草的厲害之處，是她除了凜然氣質與姿色之外另有「真正的價值」。

「欸，你覺得這有多大？」

「D……不對，E嗎？」

「真是，她就不能改穿身材曲線更明顯一點的衣服嗎？」
「對呀對呀！假如穿泳裝就棒透了！」
忽然間，班上有兩個男生的說話聲傳到我耳裡。
對話內容是在聊漫畫雜誌附的寫真。那並不算多稀奇的光景。
不過他們倆莫名其妙地勾起了白草的注意。大概是白草視力不太好的關係，她瞇眼想確認雜誌封面。
我跟著白草確認封面，就搞懂她介意的理由了。
哲彥開口嘀咕：
「哦，那是可知拍的寫真嗎？原來是刊在今天上市的雜誌啊。」
白草的肩膀顫了一下。
明明我就是當著她本人的面才不敢開口……哲彥那顆心臟實在是鐵打的。
從白草身上散發出黑暗氣場。
我有話想告訴聊得正開心的那兩個傢伙。
同樣身為男生，我懂你們的心情！這算是人之常情！班上的美少女有拍寫真——對此不覺得興奮的傢伙就不算男人了吧！
——在內心，我希望向全世界如此宣言。

但是不行。無奈當著她本人面前就是不行！

那兩個人聊得正開心就沒有注意周圍，白草卻已經放輕腳步開始朝他們走近。把這一幕看在眼裡的我……

『你們倆，注意後面～～！快看看後面～～！』

會冒出這種念頭。只是情況太恐怖了，在白草默默走向他們的這段期間，沒有任何一個人敢發出忠告。

「哦～～泳裝是嗎……」

他們沒發現滿腔怒火的白草已經釋出令人凍結的波動。

「對呀對呀！換成泳裝就能看到那對凶猛的……胸…………咦？」

男同學一下子警覺過來，緩緩回過頭。

白草頓時笑了一笑，但是下個瞬間就用降到冰點的目光鄙視他們。

「我呢，討厭色瞇瞇的人。」

「「「唔——！」」」

滿不在乎的一句話讓班上男生內心受創。

假如能獲得允許，我想這麼告訴她：男人，就是色瞇瞇的生物。面對像白草這般的美少女，我們更希望她能多些包容，多些寬恕。

白草卻用化為無情冰刃的眼光及舌鋒教訓那些男生。

「『選哪一邊好呢』——？」

「……啥？」

「居然以羞辱女性為樂，簡直可稱作犯罪了。不過我想當一個和善的人，所以就讓你們選。你們是要看重名譽立刻從窗口跳下去，還是因為性騷擾被警察逮捕——選哪一邊好呢？」

所有人都受到震懾。偶爾也會有男生對冷冷的視線感到興奮，但是那終究屬於少部分。

就算同為女生也無法奉陪白草的尖銳，其實她們都保持了距離。

「那、那個，對不起……恕我們兩種都不要……」

白草用嚴厲的眼神瞪向對方，然後抽走了刊有自己寫真的雜誌。

「啊！」

「東西沒收。我會交給老師保管，你們放學後再去拿。」

「啊！拜託！別跟老師——」

「……難道說，你們有意見？」

被白草狠狠瞪著還敢反抗的人，在這間學校根本找不到。

「好的，我們很抱歉……」

「哼！」

白草絲毫沒有掩飾不悅，回到自己的座位。

我跟哲彥從旁看著她一連串的行動，一面開始竊竊私語。

「可知朋友少的理由就出在這裡嘍～～看了真想吐槽：妳是漫畫裡的風紀委員嗎？」

哲彥的台詞讓我也不得不點頭。

她是如此醒目、漂亮又有名，因此大家都會想親近。然而她脾氣很衝，應該說難伺候。

我卻無意像哲彥那樣怪罪白草的性格。

「或許可知是偏激了一點，不過她會生氣很理所當然嘛。再說口氣凶歸凶，她也絕不會騙人或者無故貶低人啊。你沒必要刻意說她朋友少吧。」

就我的印象而言，白草是「高潔」的。

從白草身上可以感覺到不想示弱的氣概。這也是高潔的一環，而偏激措辭不過是她為了避免示弱所用的盾吧。

「不愧是末晴，扯到老婆就會迅速護航。」

「哲彥，我想你會短命喔。八成是禍從口出所致。」

哲彥把我的話淡然應付過去，又繼續說：

「不過，說起來可知是有點過頭了，何必把話說成那樣——她給人的觀感已經來到這個地步了吧。」

「但她就是那樣，才在電視上受歡迎啊。」

「唉，該說天才與瘋狂只有一線之隔，或者震撼力十足呢？她上電視想必很討喜啦。熱潮固然過去一陣子了，但她到底是『高中美女芥見獎作家』嘛。」

沒錯——要談到白草真正的價值，既非她的美貌也非冷漠的個性；而是身為小說家的才華、實績還有名聲。

她去年憑著《有你的季節》於高中一年級出道成為小說家。當時白草頂多是在學校內有名，我在那段期間就對她表達了感動，而社會並沒有放過傑出的作品。

三個月後，她拿下能在文學界鯉躍龍門的芥見獎，便一舉成為全國轟動的名人。

年輕出眾又富有才華的美女，講話雲淡風輕，不對任何人獻媚，具備天才般的奇特與尖銳。這沒有不紅的道理。

鼎沸的人氣讓各家雜誌及電視台蜂擁而至，還因此拍了寫真——話雖這麼說，尺度基本上停留在制服與幾套便服——才會有今天這種狀況。

「說起來厲害歸厲害啦，但她跟我們是同學啊。」

我故意嘴硬。

「你想嘛，三年級的多田學姊似乎也是讀模，聽說一年級還有個姓三澤的女生在當偶像研習生耶。可知在班上是很厲害沒錯，不過放寬眼界就顯得還好吧？」

我不想被人知道自己對她有好感，講話不免毒了起來。

其實我從來沒看過像白草這麼漂亮的美女，還覺得她比當讀模的學姊或偶像研習生學妹強太多了。但是這說出來會自掘墳墓，因此我只能唱反調。

這時傳來沉沉一聲：「磅！」

發出聲音的人是白草。她在坐回自己座位之際，腿似乎撞到了桌子。

只是，我分不出那是碰巧撞到還是生氣才踢的。

（總不可能是針對我吧……？）

畢竟我講話聲音不大，應該是她在氣剛才雜誌寫真那件事的關係。

「哦～把你鬧彆扭這一點算進去，表示可知的水準非常高吧。」

「你的解讀怎麼能飛躍成那樣？拜託別鬧了好嗎？我實在很抱歉。」

「既然你道歉了，做兄弟的要先警告一句。那個女生對你來說太高攀了，死心吧。」

「啥！」

我應該裝傻回答：「沒有，我又不喜歡她，怎樣都無所謂。」可是告白前就被宣告高攀不上，讓我有點惱火。

——所以……

「沒有，雖然談不上喜不喜歡，但你知道嗎？我跟可知其實交情還不錯喔。」

我就忍不住這樣回嘴了。

哲彥「哦～～」了一聲，還深感興趣似的摸了下巴。

「你是說，你跟出了名地討厭男生的可知交情不錯？」

「我沒跟你提過就是了。去年，可知拿下芥見獎之前，我在回家途中碰巧遇到她。然後，因為我讀過她的作品，就表達了我覺得內容很棒，之後她帶著迷人到不行的笑容——」

『——謝謝。能聽你這麼說真讓人欣慰。我有努力至今……實在太好了。』

白草是這麼對我說的。

結果，我就中了戀愛的毒。

在學校沒有展現過……只對我露出的笑容。

我暗自把這段回憶當成寶物。

「然後你就迷上她了？」

「才才、才不是！」

連我都認為自己否認得心虛。為了敷衍，我便連珠炮似的開口：

「你、你大概是不曉得啦，我跟她家似乎很近，後來又遇見好幾次，都會簡單聊一下。在外頭見面時，可知的氣質跟在學校就完全不同。該說是開朗，還是純真無邪？所以就算不討論我有沒有迷上她，我們的交情也還算不錯。」

講起話來覺得開心，外表合我的喜好，身材很棒，興趣合得來，種種條件累積在一起——因而走到了現在的地步。

「未晴……」

哲彥溫柔地把手放到我的雙肩。

「好可憐……居然連這種妄想都冒出來了……下次我幫忙安排聯誼，你要回魂啦……」

「你還是很過分耶！還若無其事地裝好人，少裝了！」

我使出鐵爪功，哲彥就拍桌宣告投降。

「好啦，不然我們假設你的妄想是事實。」

「扭曲事實的人是你！」

「你說可知她在跟你這個平凡如糞土的阿呆講話時才會特別開朗。」

「不要用糞土或阿呆形容我好嗎？我跟你不一樣，心臟沒那麼強，聽了會受傷耶。」

「然後你因此心想，其實可知是不是迷上了自己，對吧？」

「沒、沒有——再離譜也不至於那樣喔。真的真的，我沒有起過那種念頭喔。」

坦白講我是那麼想的，對不起。

呃，誰教白草對別的男生凶，唯獨對我好，只能想成她對我有意思吧？還有還有，剛才她對哲彥也是凶到不行，對我講話的語氣卻還算普通吧？白草都沒有跟別的男生像那樣交談耶。何況家住得近，放學就會碰見好幾次嗎？正常來想沒那麼巧吧？像她那樣，絕對是在等我。

既然如此，結論只有一個。

——白草她現在，正在等我告白……！

已經不會錯啦。這代表我在「告白祭」……果真只能衝了吧！

啊～～可是在「告白祭」進展順利的話，會被所有人知道耶～～畢竟白草是知名人士，假如事情被電視或雜誌揭發出來怎麼辦？

『「高中美女芥見獎作家」可知白草交了男友！對象是同年級的丸末晴同學（十七）！』

糟糕，難不成我會受人注目？咦，我有可以穿到鏡頭前的衣服嗎？好，下次放假就去表參道買吧。

當我像這樣得意起來時，就聽見白草跟她朋友峰芽衣子的對話。

「咦，白草同學……妳是不是不高興啊？發生什麼事了？」

「這個嘛……我只是在想——男人這種生物，是不是絕種會比較好呢？」

……只是剛好吧？她不是在指我吧？

白草對我有好感，果然只是出於我的願望兼妄想嗎？

冷靜想想，白草是小說家，長得漂亮，還會拍寫真，成績又優秀，運動神經也不錯，在男生之間當然吃香。

至於我——根本沒有值得一提的賣點。

我望著白草的背影，忍不住心想。

為什麼初戀會如此讓人歡欣愉悅——而又苦澀呢？

＊

放學後，當我把教科書塞進包包時，哲彥來搭話了。

「關於文化祭要推出的活動，我今天也占了老地方，要開會喔。」

「咦～～……」

我之所以毫無拚勁是有理由的。哲彥創立了名為演藝同好會的古怪社團在活動，社團成員卻只有哲彥與我，而我接近於人頭社員。

演藝同好會預計要在文化祭推出活動，已經報了在體育館的名額，然而只剩兩個星期卻還是沒有敲定活動內容。當然我們至今也商討過好幾次，但哲彥想弄的是可以出風頭的活動，而我們就是找不著。

因此，沒建樹的會議一開再開就讓我厭煩了。

「啊，還有我也想聽志田的意見，末晴，你記得幫我說一聲。」

「幹嘛叫我去？」

「你跟她是青梅竹馬吧。」

志田黑羽。她是同班同學，又因為家住隔壁而跟我來往，結下了十七年的孽緣。

所以哲彥要約黑羽，會利用我是很自然的事。但是「我現在有點不方便找黑羽講話」。

「總之今天先不必吧。小黑那邊我之後會記得問她。」

「……嗯？」

糟糕——我心想。哲彥的直覺異常靈敏。

「對了，志田今天中午沒有來找你講話耶，真難得。」

「會嗎？我認為她也是有不來的時候啊。」

哲彥似乎從我的表情看穿了什麼，就大動作地點頭，然後拍我的雙肩。

「立刻去道歉。因為錯的是你。」

「為什麼你要擅自解釋成我們在吵架！而且錯的居然是我！」

「除此之外想不到別的原因吧？那麼好的女生可不常見。」

「……哎，這倒是無法否認的事實。」

彼此無話不談，個性爽快，又比任何人都了解我的……青梅竹馬。

對我而言，黑羽的存在可說是無可取代的好友。

「要我說嘛，志田原本就屬於熱心的姊姊屬性，對待你更是好到不行吧？居然能惹她生氣，你到底是做了什麼？」

「不不不，她也有滿多嚴厲的地方喔。」

「那是有愛才對你嚴格。」

「唔！」

我對「有愛」這部分梗了口氣。

不會漏看這一點就是哲彥可怕的地方。他交抱雙臂瞪過來，因此我吹了口哨糊弄過去。

「末晴，我先跟你聲明，志田可是超有行情喔。假如你們不是青梅竹馬，她的水準是你連親近都親近不了的。你懂嗎？」

「……我曉得啦。那女的相當受歡迎，畢竟她長得可愛，當然的嘛。我身為青梅竹馬也引以為傲，而且她公關能力強，有許多地方都讓我尊敬。」

我的腦海裡浮現黑羽的臉孔。

黑羽常被形容成小動物。貓眼加上娃娃臉，形象好比小老鼠或松鼠那樣；頭髮是栗色的中長直髮；個子嬌小，好動得靜不住，表情總是變來變去。這些討喜的特質，讓她在男女生之間面子都很廣。

「末晴，你明明都不肯坦率地稱讚女生，卻願意稱讚志田。」

「因為那女的跟我是好友。」

老實說，稱讚女生滿讓人難為情的，有種諂媚的感覺，我實在無法喜歡。

不過稱讚好友就另當別論。跟那種有本事的人當好朋友很值得驕傲，我甚至覺得可以再多誇幾句。反正把心裡的想法坦白講出來就好，當然沒什麼好害羞。

「哦～～小晴，原來你是那樣看我的啊。」

有股甜甜的香味翩然挑逗起鼻腔。

栗色頭髮從肩頭探了出來。

黑羽動了動鼻子聞我的味道，接著就在我眼前欣然露出稚氣笑容。

「唔……！」

我「基於某種理由」，不敢看黑羽的臉。

冷汗流下。我不知該怎麼應對，就先抽身嘀咕了一聲：

「小黑，妳靠太近了啦……」

黑羽原本就像小動物，可是她在我面前的小動物度會比對待別人多一倍，聞味道正是代表性行為之一。彼此是青梅竹馬，心理上的距離便很近。

「害羞什麼啊，小晴～～？你也有可愛的地方嘛，大姊姊喜歡你這種調調喲。」

「少少、少跟我說什麼喜歡不喜歡的，何況妳那點身高哪有本錢自稱大姊姊。」

「哎喲，小晴，別提身高的事啦。」

我的額頭被她彈了一下。

黑羽的身高僅有一四八公分，因此就算看她擺姊姊的架子，頂多只會覺得是個時髦的國中生故作成熟地在賣弄。

「我總是要幫小晴擦屁股，定位已經跟姊姊差不多了吧？」

「小黑，妳的妹妹已經那麼多了，可以不用連我都一起關照啊。」

「志田是有好幾個妹妹喔？」

黑羽對哲彥的疑問點了點頭。

「嗯，一個讀國三，再加上讀國一的雙胞胎，總共四姊妹。」

「那還真猛。」

「所以小黑身上的姊屬性已經滲到骨子裡啦。」
「什麼話嘛。是小晴你總愛添麻煩，才讓我變姊屬性的吧。」
黑羽摸了摸我那不平整的頭髮。
她的行為對男高中生來說果真太刺激了點，應該說她太靠近。我從以前就是這樣跟她相處，便沒什麼感覺，可是冷靜一想，在教室根本不合適。
黑羽很受歡迎，因此我蒙受的嫉妒壓力可就大了。
「嘖，別以為當青梅竹馬就能那樣。」
有咂嘴聲清清楚楚傳來。
「唔，我的右臂發作了……」
那位同學，請不要用剪刀對著我好嗎？都已經高中二年級了，麻煩叫你的右臂安分點。
「後山有個洞窟，藏那邊應該就不會被發現——」
「讓他在晴朗的日子迎接人生末路，跟末晴這名字正好相配——」
那個，別討論要將我埋屍何處嘛，你們真的很恐怖耶。
嫉妒的聲音零星傳來，黑羽卻好像完全不放在心上。
「怎麼了嗎，小晴？感覺你不太有精神。」
「啊，沒事……沒什麼。」

「唔，讓人介意的語氣。講給大姊姊聽聽看啊。」

黑羽既溫柔又熱心。

正因為這樣，我才煎熬——心裡只覺得尷尬。

「小晴？你看起來果然有些失去本色耶。」

「……我的本色是什麼啊？」

「嗯～～少根筋又蠢蠢的？」

「好過分！堅決抗議！下次我們見面就是在法庭了！」

「啊～～嗯～～總覺得你還是有點在勉強自己……」

「哪有。啊，我去一下洗手間——」

當我拿尷尬的氣氛沒轍，打算重新來過的時候。

「——小晴，難道說，你是在後悔**甩了我**？」

一瞬間，班上變得鴉雀無聲，彷彿時光停止。

我感覺到自己全身都失去了血色。

這能當眾說嗎！我想對黑羽大吼，可是話一出口應該會招來砲轟。我當然有我的理由，不過別胡亂辯解才比較妥當吧。

換句話說，我是覺得呢。

趁大家還在驚訝時先溜好了。就這麼辦。

如此心想的我偷偷提起書包，正要往走廊移動。

「哈～～發生這種好玩——不對，發生這種大事還想去哪裡啊～～你說是吧，未晴～～」

哲彥伸手摟住我的肩膀，把我攔住。

「呃～～沒有啦～～讓一讓嘛，我是要去洗手間……」

「我、不、會、讓、你、去、喔。」

「別、鬧、了。去、死。」

準備開溜的我被哲彥架住。彼此力氣不相上下，使得我在教室裡跟他拉拉扯扯地獻醜。

「放手啦～～～～～！哲彥～～～～～！你這傢伙～～～～～！」

「咯咯咯——！大家可都在等你～～～～！」

這、這小子居然激動到顯露本性了……

哲彥長得夠帥所以交女友很快，卻沒辦法長久。理由在於他是個爛人，但我覺得他不太肯掩飾自己的爛人本性應該也有造成影響。

我並不討厭哲彥這種輕易就露出馬腳的特質，可是狀況太險惡了。現在蘊含殺意的視線正朝我聚集而來。

要我說幾次都行。黑羽很受歡迎，尤以偏愛蘿莉的男生支持者眾。那些喜歡小惡魔妹屬性蘿莉的人簡直把她當神在拜。

而那些男生燃起妒火，正準備把我燒得連灰都不剩。

「呼～～呼～～」

班上男生已經成了獵物當前的狼。他們氣得怒髮衝天，等著機會要拿我洩憤。

「你們幾個，冷靜點……這是有理由的……」

「……啥？別開玩笑喔，你所謂的理由是什麼啦？」

「啊～～……哎呀～～……」

我瞥眼看了看白草的動靜。白草跟唯一要好的同學——峰芽衣子正在座位附近講悄悄話。

（……該怎麼做才能克服這一關？）

我全力動腦做了模擬。

『因為我有喜歡的女生，就甩掉小黑啦！』

要隱瞞對白草的好感，同時又免於說謊的妥協點，或許就在這裡。

可是，萬一我講出了這種台詞。

『那你喜歡的女生是誰！不講的話別想叫我們罷休～～！咯咯咯——！』

哲彥肯定會帶著滿面笑容像這樣火上加油。

此刻，這間教室形同在舉行魔宴，被指為惡魔之人就不許反抗。

還是向別的女生告白混過去……不行，除了黑羽以外，我想不到有誰會接納假的告白，還能在事後當成玩笑不算數。

不然我現在立刻接受黑羽的告白就好了嘛。我也有這麼想過，然而這是下下策。畢竟這樣對黑羽太失禮了。

我信賴黑羽勝過任何人，對她的為人有好感，也抱有敬意，所以我不想說謊，也希望盡可能別讓她難過。

既然如此，在我講出白草的名字之前都不會被大家放過，到頭來還是等於要告白。

但是這樣堪稱最差勁的告白吧。白草在現況會接受告白的可能性無比接近於零。

設想看看，如果白草在這個時間點答應我的告白，連她都會淪為壞人。「原來你們倆不惜惹哭志田同學也想獲得幸福啊」——我猜白草會被這樣說閒話。因此就算白草對我有好感，也會覺得「你為什麼要在這種狀況下告白嘛……」並且拒絕我才對。

（唔，我該怎麼做才好！怎麼做才能克服這一關！）

我看了看黑羽的動靜。

雖然讓狀況變成這樣的始作俑者是黑羽，但她恐怕不是出於惡意。黑羽有天生迷糊的地方，只是那造成了負面效應而已。

這表示只要讓黑羽感受到我所陷入的危機，她就有可能站在我這邊。

「小黑……」

我用眼神傾訴：想辦法制止這些傢伙，拜託。

要向甩掉的女生尋求庇護難免讓我痛心，所以我盡可能一面注意不讓黑羽受傷，一面跟她打暗號。

「小晴，你在後悔嗎？」

「有啦有啦！」

「有的話，表示你還是想跟我交往？」

「呃，不是那樣——」

話說到這裡，我立刻領悟自己失言了。

圍觀群眾的斥責因而像箭一樣落在我頭上。

「啥！什麼叫『不是那樣』？」

「臭小子，你以為自己是誰！」

「慢著慢著慢著慢著！你們冷靜啦！說真的，先等一下！」

「等就可以解決問題嗎？你說啊～～～～～～！」

「欸！來個人！拿支釘拔過來！釘拔！」

「啊，對不起，請原諒我。」

我迅速做出了完美的下跪動作。

「末晴，你跪得好快！」

哲彥開口吐槽，卻傷不到我的心。自尊心早被我扔進臭水溝了。

「哲彥……你別小看釘拔！拿來打人可是超痛的！」

「這話嚇到我了～～你居然知道釘拔打人有多痛，嚇到我了～～」

「哎喲～～！小晴，你是覺得一有危機就可以用下跪混過去，對不對？」

「好比女孩子可以把眼淚當武器，下跪對我來說就是最大的武器啦！」

「嗯，小晴，即使你跪著說這些話，感覺也不帥喔☆」

激憤的極端分子在這段期間仍逐步逼近。

我之所以沒有遭人攻擊，是因為有黑羽在。只要黑羽離開，我應該就會受到圍剿，被他們修理得慘兮兮。

「志田同學！」

「唔！請妳讓一讓！我們要用鐵鎚制裁這個蠢貨！」

「……所有同學，聽我說。」

臉上仍帶著可愛笑容的黑羽散發出漆黑氣場。

「我呢，正在跟小晴講話——你們不要來搗蛋好嗎？」

白草會露骨地表示不悅，黑羽卻剛好相反，掛在臉上的笑容正是她生氣的證據。

失去溫暖的笑容有種跟白草不一樣的獨特恐怖。因此那些極端分子就——

「啊——好的。對不起……」

他們在細聲回話後隨即安分下來，並且紛紛離開。

危機過去，我總算鬆了一口氣。

「唉……得救了，小黑……」

「——繼續。」

「嗯？」

「繼續說下去，小晴。」

黑羽的語氣讓我感受到決心，所以我自然繃緊了身體。

「……我明白了。」

在黑羽圓滾滾的眼睛催促下，我比剛才更加謹慎，避免語帶虛假，心懷誠意來選擇詞彙。

「該怎麼說呢？目前，我並沒有打算跟誰交往……不對！並不是因為妳讓人討厭，或是有哪裡不好、長得不夠可愛之類，真的沒有，妳是個非常棒的人，能跟妳這樣的人交往肯定會幸福才對，然而該說是時機有點不湊巧吧……」

由於我講得結結巴巴，就不知道有沒有表達好。我只是小心不談及白草，一邊努力表達自身想法。

「哦～～」

黑羽交抱雙臂。考慮到個頭嬌小，算是相對豐滿的上圍被強調出來。

她直接走向我，悄悄地踮腳對我耳語。

「我覺得舒坦一點了，就這樣放過你吧。」

「…………啥？」

黑羽嫣然一笑，高聲向我宣布：

「騙你的啦～～！」

「啥啊啊啊啊啊啊啊啊啊啊啊！」

我滿臉愕然，而黑羽十分滿意地探頭看過來。

「話說你有沒有心慌？有沒有煩惱？有沒有難受？」

「小黑，妳……」

「對不起喔，小晴。其實我是跟別人玩大冒險輸掉才被迫告白……到今天才能說真話。」

「妳、妳喔，我說妳喔！」

「你還信以為真啊？可是你拒絕了嘛。我頂我頂！」

我被黑羽用手肘頂了頂。痛歸痛，我體認到的安心感卻更加深刻。

「好啦好啦，所有人解散～～！」

「嘖！沒意思！」

圍觀的眾多男同學漸漸散開。明明他們之前都冤枉了我，卻一點也不慚愧。真是過分。

「喂，你們好歹跟我道個歉吧？」

當我抱怨以後，男同學們就咂嘴了。

「姓丸的，我告訴你，原本你光是叫志田同學小黑就該被判死刑的耶。」

「青梅竹馬～～～～！有罪！有罪！」

「冷靜點，鄉戶！不要緊！丸這個青梅竹馬毫無作為，所以志田同學還是清白的！」

「你們對我依舊這麼惡毒啊？我姑且也是有心的耶。」

我試著喚起同情心，卻根本不管用，只換來他們皺眉頭、吐口水。這個班實在是人渣齊聚。

當我想這些時，黑羽把手放到我的肩膀上。

「小晴，我覺得你應該多感受我的可貴之處耶！」

「呃，說真的，拜託妳別這樣整我，小黑。」

「可是對你成了不錯的教訓啊。」

「或許是啦——但妳也用不著騙我吧！」

我把黑羽的可愛麻花辮扯亂，她就開心似的一邊叫著一邊逃走了。

黑羽不在身邊，我會覺得靜不住。我體認到她是重要的存在。

但是我們適合這樣的關係。與其說彼此胡鬧，我們就是不該被戀愛綁在一起，打成一片比較符合我跟黑羽的作風。

「真是的，小晴都只會對我不客氣。小心我要你負責喔。」

「我明白了。來生孩子吧。」

「白痴、色胚。哎喲～～！你真的很差勁耶，小晴，都只會對我這樣性騷擾。反正你覺得要博取我的原諒很容易，對不對？」

「不不不，沒那回事。」

「那你下次再性騷擾的話，我就不借你抄作業了。」

「黑羽小姐，求妳別那麼壞心眼，網開一面吧！」

「你跪得好快！小晴，你對人下跪的價值已經是零了喔。」

「妳不懂啦。下跪這種行為固然是做給謝罪對象看的，卻也可以發揮讓旁人施壓要妳原諒的效用。」

「心機居然比我想的還重，真不敢領教。小晴，姊姊開始擔心你的未來了。」

當我們跟往常一樣耍嘴皮子時，爆料聲就從意想不到的方向傳來。

「咦———！妳說真的嗎！」

「呃……是啦，發展到後來，不知不覺就那樣了。」

對話是從白草和峰那裡傳過來的。

全班在黑羽表示是騙人的以後就取回冷靜，也有許多人已經離開回家。

這種情況下，峰驚訝的態度是足以引起注目的。

峰是個豐腴的迷糊型女生，跟冷漠尖銳的白草配得正好；應該說從關係就可以推敲出來，要不是峰性情溫吞，大概也無法和白草當朋友；而峰會興奮成這樣非常稀奇。

峰感覺到自己受到注目，才紅著臉降低講話的音量。因此她們交談的內容變得不容易聽見，但是用全力豎耳聆聽，還是勉強能接收到隻字片語。

「是從什麼＊候啊！」

「一＊星期前。」

「妳是在哪裡被＊＊告白的！」

「海邊。」

「哇～～好羅曼＊克喔……」

……咦，奇怪？她們剛才說了什麼？是不是有提到「被告白」？

「白草同學，妳說過妳們家＊跟阿部＊長有往來＊嘛。之前我就＊想，你們倆＊麼時候會在一起，沒＊到終於……阿＊學長非＊帥，又＊受歡迎，我＊得你們太相配了。祝福＊們嘍。」

……………………………………………………………………………………………………

……………………………………………………………………………………………………

……………………嗯？

嗯嗯？嗯？嗯嗯嗯嗯嗯嗯嗯嗯嗯嗯？

我的耳朵是不是不靈光啦？總覺得好像聽見了某些有違常理的話耶……

「哦～～！原來可知同學開始在跟三年級的阿部學長交往了啊。」

黑羽的嘀咕貫穿我的心臟。

「說到阿部，就是父親在當演員，自己也在這陣子出道演戲的那個人吧？我啊，最討厭那種靠父母庇蔭的傢伙了，不過他那麼有人氣，當可知的對象倒算是合適。」

哲彥講的話從我右耳進左耳出。聽是有聽見，我的腦袋卻在抗拒理解當中的含意。

「所以我不就說了？可知對你來講太高攀了啦。原本女人就是為欺騙男人而生的，到頭來，事情也只能這樣。不過觀點因人而異啦，多虧如此，你也省得在『告白祭』上出糗，某方面而言還算幸運吧？」

我怒不可抑地揪住了哲彥的衣領。

「哲彥，我已經說過自己對可知沒有任何想法了吧……」

「哦～～是啦是啦。我了解。」

我推開瞎鬧的哲彥，把書包揹到肩上。

「喂，末晴，你要回去啦？文化祭的事怎麼辦？」

「我的意見根本不重要吧，你自己決定就好。」

「是喔。」

哲彥沒有再攔我。

「……小晴。」

黑羽叫了我一聲，我卻提不起勁回應。

我裝成沒聽見，離開了教室。

＊

我冒出了想回去的念頭，但我並不想回家。

家裡沒有任何人在。因為母親過世了，父親則是從事跑遍日本全國的工作。在無人陪伴的家獨處，我會承受不住寂寞。

——無處可去，卻希望有地方能回。

於是當我回神時，已經在堤防獨自望著河了。

夕陽簡直美得令人落淚，所以我哭了一下。

「我在做什麼呢……」

有人說初戀是一道詛咒。我想那應該說中了。

明知道不行，喜歡的心意卻保留著，還覺得趁現在告白的話，是不是就能跟對方交往。根本死不了這條心。

或許初戀的結果大多是如此，始終藕斷絲連，到最後仍沒有回報。

『說到阿部，就是父親在當演員，自己也在這陣子出道演戲的那個人吧？我啊，最討厭那種靠父母庇蔭的傢伙了，不過他那麼有人氣，當可知的對象倒算是合適。』

這段話浮現在我的腦海。

「什麼嘛，果然長得帥又受歡迎的人就是可以享盡好處……」

總覺得我又想哭了。

「咦……」

腦袋昏昏沉沉，分不清想生氣還是哭泣，我搞不懂自己的心。

打擊比預料中還大。

所有人真的都克服過這種心境嗎？會不會所有人都沒有認真戀愛過？呃，再怎麼說，這實在太煎熬了吧……………

「嗚、嗚嗚……唔……嗚嗚……」

眼眶變熱。我把臉埋到腿上，將自己藏起來不讓旁人看見，這會兒湧現的情緒就開始讓我承受不住了。

「可惡……可惡……」

白草真令人痛恨。

我心裡是這麼痛苦，白草卻跟男朋友過得好好的。

幸福美滿的白草，還有悲慘的我。

搞什麼嘛，這種落差，會不會太過分了點？

型男或美女就是占便宜嘛，他們活著都不用理解這種痛苦吧？

世上是多麼不公平。奇怪了。這是錯的。錯的不是我，錯的是這個世界。假如我有能力，我甚至想改變世界。

「——可憐的小晴。」

有這麼一句好似閃耀著光彩的話語從我頭上落了下來。

如春天花朵般的芬芳輕輕挑逗鼻腔。耳熟的溫柔嗓音滲入傷口，儘管刺痛卻撫慰了我。

「……是小黑嗎？」

由於哭花的臉不能讓她看見，我依舊把臉埋在腿上開了口。

「對啊。小晴，你既溫柔又可愛的姊姊來嘍。」

那是期待我吐槽的耍寶語氣。然而現在的我沒力氣陪她鬧。

「……妳去別的地方啦。」

這種場面，我不想被任何人看見，尤其不能讓黑羽看見。

雖說之前是一場謊言，黑羽仍被我甩了。而黑羽看到現在的我，不知道會怎麼想。

假如她消遣取笑我，那還比較像樣。

萬一被罵活該——我不覺得自己能振作。

要是被她溫柔對待——「我怕自己會忍不住撒嬌」。

「小晴……你被甩掉了呢。」

「我才沒有被甩！」

精確來講，我並沒有被甩才對……但我應該是失戀了沒錯。

「哦～～這樣啊。」

如果對方是哲彥，這時候我就會嘴硬跟他辯，不過青梅竹馬果真厲害。黑羽既沒有對我發脾氣，也沒有奚落我，「只留下有所領會的氛圍」就把書包擺到腳邊。接著她在我背後坐下，背對背地朝我靠了過來。

「喂，小、小黑。」

緊貼著的背好溫暖，溫暖得讓人忍不住想依賴。

所以我挪了屁股想逃，黑羽卻彷彿不肯放我走，還緊貼不捨地追了過來。

「怎樣？你有意見？那就好好看著我的臉說出來啊，畢竟你又沒有被甩掉。」

「唔……」

不行。全被黑羽看穿了。

我喜歡的人是白草，而且在剛才聽見白草她們的對話以後就失戀了。黑羽明白這一切，才會這樣對我。

但我不能坦然接受她的好意。

『騙你的啦～～！』

黑羽用這句話否認了自己的告白。

但事情並非如此。她的否認一定才是假的。

『小晴……答應跟我交往嘛。』

差不多一個月前，第一學期的結業典禮當天，黑羽向我告白了。

她當時的表情、口吻──試著回想就會懂。那是認真的。

剛才黑羽說是騙人的，我就信以為真了，可是重新回想以後，現在我敢肯定她聲稱騙人的說詞才是在騙我。黑羽為了保護我，更為了減輕我的心理負擔，才會在大家面前聲稱自己告白是假的，不會錯。

「不行，小黑，妳別理我。」

「為什麼？」

「要是我現在跟妳講話，就會想撒嬌。但是，妳對我恐怕仍──」

黑羽是個好人。她對我溫柔得令人不捨，又長得可愛，還是個溫厚隨和的女生。

所以我才不想讓她傷得更深。

結果黑羽把後腦杓貼到我的頸子，還整個人使勁靠上來。

「小黑……？」

「我現在說的，是假設喔。」

「嗯？」

「小晴，假如說我願意把跟你的關係回復到一個月前，你會怎麼做？」

「關係？……換句話說，就是回到妳告白之前……啊，錯了，不是那樣……」

黑羽什麼也沒說。

她指的並不是告白之前。這表示——

「意思是回到剛告白完的那一刻？簡單說，妳要再給我一次回答的權利？」

一個月前的我喜歡的是白草，所以我甩了黑羽。

但是我現在被白草甩了。那麼——即使做出別的選擇也不奇怪。

背靠著我的黑羽把頭頂過來，彷彿在說：就是這樣喔。

「我呢，『可以用五秒鐘將時間回溯』。要開始嘍，五……」

假如我在倒數完畢後告白，黑羽絕對會接受。

那是個無比誘人的提議。

「四……」

老實說，我沒有把黑羽當成戀愛對象看待過。既然形同姊弟的關係持續了十年，或許這也是理所當然。

「三……」

話雖如此，我並不認為黑羽以女性而言沒有魅力。她圓滾滾的眼睛惹人憐愛，每次看她挺起嬌小個子擺大姊姊架勢，就會勾起我的保護欲，應該說，我想呵護她。

「二……」

跟黑羽交往肯定會很開心。至今我們的關係就已經親密到對彼此毫無隱瞞，交往以後便不會幻滅。分手的風險或許是有，不過那種事可以吵架以後再來思考。

只要跟黑羽交往，一定有幸福的未來等著我。這是不會錯的。

「一……」

但這是我的——「初戀啊」。

「——別這樣，小黑。」

我沒有等黑羽數到最後。

「謝謝妳，小黑。我明明甩了妳，妳卻對我這麼好……」

「小晴……」

我被甩掉以後變軟弱了，所以才會想跟黑羽撒嬌。

但是在我心裡還留著對白草的感情。是我自己沒辦法死心。初戀就像詛咒。即使想改換心思，也還是擺脫不了。

在這種狀態下藉故向黑羽撒嬌，未免對她太失禮。

「小黑，我把妳當成可貴的朋友，所以——」

「我懂——才怪呢。」

「…………咦？」

我眨起眼睛。黑羽在說些什麼，我沒辦法理解。

「聽我說，小晴，我認為厚道是一種美德，可是太誇張會讓人喘不過氣耶。」

「嗯嗯？」

「一個月前，我確實有向你告白喔。不過該怎麼說呢，我的心意，並沒有像你體會到的那麼深刻耶。」

「嗯嗯嗯？」

「那時候即將放暑假，我又沒有男朋友，感覺正巧是個機會。小晴，我跟你在一起很開心，要交往的話似乎也不錯。可是你過了一個月依然滿臉內疚，在我看來就有點……對了，聽說男生被告白過一次之後，就會誤以為女方永遠都喜歡自己，你的情況該不會正是這樣吧？」

「嗯嗯嗯嗯────────────？」

糟糕，我的腦袋跟不上。雖然我深知青梅竹馬在個性上有灑脫之處，沒想到她對戀愛都能夠這麼收放自如……

──不，等一下。

真的是這樣嗎？黑羽的個性固然灑脫，可是就連戀愛都不例外嗎？假如她毫無眷戀，還會說「要用五秒鐘讓時間回溯」？

「小黑……妳是不是在勉強自己？」

黑羽面不改色，眼皮顫了顫。這是她打算掩飾時會有的舉動。

「怎樣？難道說，你突然後悔把我甩掉了？」

彷彿在戲弄人的語氣如今讓我覺得像演技。

仔細一看，黑羽的手指正微微發抖。

「那不是我要問的……比方說吧，妳常對我擺大姊姊的架勢嘛，畢竟妳的妹妹有三個之多，姊屬性大概就滲到骨子裡了，不過那是『義務』所養成的，其實真正的妳是想跟人撒嬌的吧？有許多時候我都這麼認為。但因為妳自制心強，為了克制欲求，就會刻意要自己表現出大姊姊的那一面──我有說錯嗎？」

「唔唔～～～」

黑羽用雙手包覆住泛紅的臉頰。

「假、假如是……那又怎樣？」

「呃，我覺得同樣的道理，妳的行動與想法也會有不一致的時候吧。我就是笨，所以參不透妳在想什麼，但妳如果還喜歡我卻又為了我說謊，我會覺得過意不去……哎，雖然這些話由我來講不知道是否合適。」

「～～～」

我對黑羽一直懷有好感，斷然不希望傷到她，更不想對她撒謊。

說真的，當青梅竹馬實在好難。

「笨。」

黑羽的溫暖才剛從背後消失，我的頭隨即被從背後伸過來的手臂摟住了，於是我的後腦杓有軟呼呼的東西貼著……

「喂，小、小黑……！妳、妳這樣，胸、胸部會！」

「沒關係。這是因為我高興才給的優待。」

女生的胸部，太猛了！未免太軟了吧！我的腦袋都要失控啦！

「小晴，你笨歸笨，說起來還是很正派呢。即使在自己難過的時候，只要別人有困難，你就會把自己的事擱到旁邊，既懂得留意重要的細節，還懂得對別人好。所以——」

我的頭被摸了一圈，亂糟糟的頭髮被纖纖玉指撥開。隨後暴露在空氣中的頭頂就接觸到與胸部不同的另一種柔軟。不用說也曉得，那是嘴唇。

「所以我就是喜歡——這樣的你。」

「小黑……」

直率的言語在心坎響起。即使不看黑羽的臉也難免會害臊。

「雖然說，自己沒有被選上是很不甘心，但我喜歡你的心意依舊不變。小晴，無論是現在或往後，我都會跟你站在同一陣線。所以你坦率點吧。」

「妳講的坦率是什麼意思？」

「在別人面前就不能哭，是誰規定的呢？你全部發洩出來就好了嘛。」

「但是，我甩了妳——」

話說到這裡，黑羽就加強手臂的力道。

胸部更加用力地貼在後腦杓，因此我發現黑羽在發抖。

「就算你甩了我，那又怎樣？會構成我不可以陪在你身邊的理由嗎？你不希望有我在的話，大可跟我保持距離。既然掩飾沒有意義，彼此都盡情發洩出來不就好了？」

「小黑，妳好猛……」

黑羽的器量，或者該說是超然到對許多事情都不拘泥的態度，讓我為之折服。黑羽不只具備社交性，內在更是堅毅不撓，她是個厲害的女生。

對方就是這麼厲害。光會顧面子和害羞的自己感覺好卑微。所以我打算拋開一切，向她坦承所有想法。

「唉，我對妳才敢講出來，其實，我喜歡的是可知……」

「……嗯。」

因為黑羽不會嘲弄我，因為她絕對不會告訴別人。我就是如此信任她才敢講。

「不過，她說自己有男朋友了，好像還交往得滿順利的，看來果真是我自作多情吧……該怎麼說呢？這讓我好難熬……」

「嗯。」

「所以，我……」

眼裡湧出了淚水。但我還是會覺得丟臉而拚命忍住，黑羽就繞到面前把我的頭擁入懷裡。

「小黑……」

「哭一下比較好喔，這樣會比較輕鬆。」

被自己甩掉的對象安慰讓我過意不去，那種溫柔卻太過舒適，以我疲憊至極的心抗拒不了。

「嗚嗚……嗚嗚嗚嗚……」

「好啦好啦，真是遺憾呢。」

「混帳……這明明，是我的初戀……」

「這樣啊～可知同學沒有看人的眼光呢～～小晴明明是個好男生耶～～」

她的話句句滲入心扉。

我沉浸於悲傷，並且由衷感謝有黑羽這樣的青梅竹馬。

…………………

……………

……

等我情緒穩定以後，夕陽已經要沒入城裡。

我們倆一塊望著晚霞，同時我問：

「欸，小黑，妳覺得我接下來要怎麼辦才好？」

「你希望怎麼樣呢？」

「坦白說，我對可知，還是有喜歡的感覺。」

黑羽肯一臉認真地聽我說。

「明明非死心不可，我在無意識間卻還是覺得或許能讓她回心轉意，總是在思考有沒有方法挽救。」

「小晴，你都不會懊惱嗎？」

她挑釁的口吻讓我有點火。

「該怎麼說呢？你現在的思考方式，講出來會不太好聽，但我覺得你好像在巴望可知同學的施捨。」

「唔……妳就不能換個說法嗎！」

「可是，我說的沒錯吧？」

「呃，也對啦，確實，是妳說的那樣……」

儘管狀況正是如此，我卻感到屈辱。

「老實說呢，我會對可知同學覺得不爽。小晴，你之前說過吧？你們曾經在放學的路上巧遇，還聊得很開心。」

「是、是啊，我有說過。」

「聽完那件事，我原本也以為你是有機會的，畢竟可知同學超討厭男生吧？這樣的她居然會在兩人獨處時對你好，有點難想像呢。」

「就是嘛！所以我才會誤解她的心思……」

「換句話說，就是她和你勾搭以後，又跟真命天子交往順利，就把你放生了不是嗎？你明明是個好男生，卻被可知同學這樣糟蹋，我沒辦法容忍耶。」

黑羽的怒火感覺可以用「義憤」來形容，因為有違正義才讓她生氣。原本我還堅信——她的情緒屬於這一種。

但是，我錯了。

「——小晴，我們來對她報仇。」

霎時間，我心跳加速。我以為自己藏在心裡的感情被黑羽看穿了。

「你覺得懊惱吧？既然如此，這個仇不報不行。」

「小黑……妳是不是有點變了？」

沒想到「報仇」這種詞居然會從黑羽口中冒出來。

黑羽基本上算是性情隨和，要選擇理性或感性的話，她明顯偏理性。報仇這種死心眼的詞跟她並不相配。

「你說我有變，是哪裡變了？」

「妳變得比較有攻擊性，應該說，這不合妳的作風，感覺深沉得讓人喘不過氣……」

「……或許吧。」

黑羽難得露出自嘲的笑容。

「坦白講，我討厭可知同學。從以前就討厭。」

「真的假的！」

我第一次聽黑羽明確講出她討厭誰。

「妳討厭她什麼部分？」

「這個嘛，總覺得全都討厭☆」

「全盤否定！我沒想過妳會把話說得這麼絕耶！」

「畢竟我跟你之間已經沒有隱瞞的事了吧？對彼此都開誠布公了，還爭論喜歡的情感……雖然以前也幾乎沒有隔閡，要說的話，就是熟到完全沒那種區隔了吧。感覺像生氣之類的情緒就會毫不掩飾地發洩出來，因為我相信你還是願意接納我的。」

「我了解……我了解妳說的那些，小黑。」

該怎麼說呢？我覺得，自己現在跟黑羽心靈相通了。

彼此連喜歡的對象都已經坦承，「某方面而言甚至跨出了青梅竹馬的領域」。

好比在影劇中，要是青梅竹馬來告白以後被甩掉，下場就是表示自己不能再留在對方身邊而逐漸淡出。

但是現實並沒有那麼單純，「應該也有故事是從這裡開始的」。

實際上，我是甩掉了黑羽，然而我卻把她當成比以前更加親近，也比以前更值得挖心掏肺地寄予信賴的人了。

「小晴你覺得呢？關於報仇這件事。」

「……報仇啊，我有點嚇到，還覺得滿離譜的。」

「就這樣嗎？」

「真的瞞不過妳耶，小黑。因為有道德上的問題，我姑且否定了報仇，可是要明說的話，我懊惱得想報仇。畢竟我都嘗到了這麼痛苦的滋味，會希望照樣奉還回去——這就是我內心真正的想法。」

這種話我對別人說不出口，是對黑羽才敢講的內容。

「我想也是。所以嘍，有什麼不好呢？那我們就來報仇吧。還不只是報仇，我們要用最棒的方式來報仇。」

黑羽看似興奮地說。

「用最棒的方式報仇？」

「每個人都有自己的理想吧？接下來我們才要商量啊。」

「不，小黑，我還沒說過任何一句要報仇的話……」

沒錯，我還沒答應要報仇。雖然懊惱到想還以顏色，是否決定踏出那一步卻是莫大的差別。

「小晴，你試著想像阿部學長與可知同學。」

黑羽大概是看到我的反應，就突然說了這種話。

「咦咦～～……」

「你照做就是了。」

儘管我不願意去想，無奈只能硬是在腦裡塑造那兩個人。型男與美女，相配到讓人懷恨在心的一對情侶。

「他們倆開始交往是在一星期前對不對？那我猜差不多下週就會正式約會了。按常理來想，就選在電影院約會怎樣？」

喜歡的女生跟型男和睦地去電影院。看了會想殺人的光景。

「有些男生到了陰暗的地方，就會變大膽呢。所以嘍，阿部學長說不定會若無其事地牽她的手──」

「不不不，妳等一下！那樣太快了吧！起碼要在第三次約會以後！」

屆時被甩受打擊的我肯定只能閒在家裡。如果他們在那段期間偷偷讓關係進展到那一步，我何止是完全落敗，簡直跟死了還遭到鞭屍差不多。

「小晴，該說你觀念老舊嗎？你的看法有點像當爸爸的人耶。」

「唔……」

「不過阿部學長既然都出道演戲了，感覺他手腳會很快喔。」

「確實是那樣沒錯啦！但是……但是我不能接受！」

白草討厭男生。她只對我露出迷人的笑容——應該是這樣的。

不過，難道她都會對阿部學長笑嗎……？從之前就會嗎……？不，說不定她的眼神還充滿了更深的信賴，或許笑起來還有些害羞……？

「之後他們會去吃飯、喝茶、逛街，也許還會去瞭望台。」

「可惡，阿部太氣人了！居然得寸進尺！」

「我覺得呢，像這種事情，第一次是很重要的。說起來，第一次就是比較新鮮。假如是第二次，難免就會跟上一次比較。」

「唔唔唔……」

黑羽是這個意思嗎？假如白草跟阿部學長分手，之後即使跟我交往了，我終究還是排第二的男人。就算去哪裡約會——

『啊，我跟阿部學長一起來過這裡。』

也會被她這麼說。

『人家阿部學長都很會安排行程……』

或者這麼說嗎！

嘎啊啊啊啊啊啊！我受不了！唯有這一點我就是不行！

抱頭掙扎的我被黑羽補刀。

「然後等天黑他就會送可知同學回家，可知同學準備進家門時，他先是揮了揮手打算道別，卻還是說了『等一下』把可知同學叫住，接著就往她的嘴脣——」

白草與阿部學長的身影悄悄重疊。

白草臉紅，微微低下頭說：

『阿部學長，像這種色色的事情，我只允許你對我做喔……』

我拔起了堤防的雜草。

「臭婊子！難道妳只顧自己開心，別人痛苦都無所謂嗎！」

我想像了！想像出畫面了！我想到平時凜然的白草痴迷地望著阿部學長的模樣！

如果能把據說不輸寫真偶像的白草抱進懷裡，她的上圍是如此壯觀，想必很柔軟吧。要是跟白草接吻，觸碰她的感覺當然就會傳到手臂和胸口，肯定會有香香的味道，還可以對有些許紅潤的嘴脣為所欲為——

「不行！天理何在！我無法容忍！」

她沒有選擇我，卻跟阿部學長……連那種……連那種事情都做了……～～～！

「小晴，你說的無法容忍……是指哪一邊？」

黑羽用冷冷的語氣問我。

「……？哪一邊是什麼意思？」

「你無法容忍阿部學長嗎？還是無法容忍可知同學？是哪一邊？」

「這——」

……原來如此。黑羽說的話是這個意思。

如果我無法容忍阿部學長，我的心就還在白草身上。如果我無法容忍白草，就是認定自己被她背叛了，表示我已經由愛轉恨。

而我的回答是——

「小黑。」

「怎麼樣？」

「我恨的是——他們兩邊！」

我對白草還有感情，也覺得自己被背叛了。看似相互矛盾，卻明確地並存。

呵呵呵……沒錯，就是這樣。我當然兩邊都恨，這還用說嗎！

「甩了我以後準備獲得幸福的可知白草！像她這樣的婊子！我不可能容忍！」

「可知同學又沒有劈腿，我倒不覺得她是婊子。」

「還有阿部充！長得帥就不用做任何努力，還占盡了便宜，這怎麼能容忍！即使上天容忍，我也不會容忍！」

「我覺得那也不代表阿部學長就沒有付出努力耶。」

「小黑！妳是站在哪一邊的！」

「呃，我只是拿事實吐槽，並沒有要否定你。然後呢，你想怎麼做？還是說我這樣問你比較好？」

黑羽站起身，朝我伸出手。

「有罪？無罪？（Guilty or Not Guilty）」

我賊賊地笑著抓住她的手。

「有罪！」

我用力宣言，並且奮然在拳頭上使勁。

「小黑，妳說得對！我必須用最棒的方式向他們報仇！呵呵呵，就算被罵差勁也無所謂！這份屈辱，我一定要加上好幾倍奉還！」

「——就等你這麼說。」

黑羽牽了我的手，讓我站起來。

「我幫你，小晴。差勁又有什麼關係呢？畢竟那兩個人已經對你做了最差勁的事啊，這樣不就彼此彼此嗎？」

「呵呵，不愧是小黑！妳說得對！」

我露出敗類的笑容，黑羽也跟著露出打壞主意的笑。

對喔，我想起了一件事。是從黑羽父母那裡聽來的。

黑羽這個名字在字面上是黑色羽毛，就有許多人會聯想到墮天使。然而據說黑羽的父母是從三葉草想出這個名字的。

三葉草的花語是「幸運」、「思念我」、「約定」，還有「復仇」——

好比花語有光明面也有黑暗面，具社交性又廣受周遭喜愛的黑羽也有她的光明面與黑暗面。

「這是對初戀報仇！」

初戀是生涯中只有一次的寶貴體驗。正因如此才美麗、純粹而沉重。

而我的心意遭到踐踏，怎麼能夾著尾巴逃走呢！

欸，你們也是這麼想吧？

＊

可知白草是為人所知的才女。

高中生兼小說家。光是這樣就十分驚人，再加上成績也不錯。

之前我以為那是她頭腦好。

然而不是的。白草的頭腦應該不差，但是她既沒有比別人傑出特別多，也不算機敏。

在班上，大概只有我曉得這一點。

『哇，猛耶！好整齊！整理得這麼完美的筆記，我第一次看到！』

升到高中二年級，我還因為跟白草分在同一班而樂翻的時候，白草在新班級當然備受注目。

去年她的冷漠與嚴厲也是大家公認的，還曾孤立過一段時間，但我只是耳聞而已。同班以後彼此的距離近了，就能看出有新同學會找她講話。

然而受注目也不盡然是好事，有的人是心懷嫉妒來糾纏，同班有個性格好強的少女會探頭看白草的筆記同樣屬於這一環。

『欸，考試的時候借我抄嘛，可以吧？』

彼此幾乎沒交談過卻裝熟成這樣，油腔滑調過了頭，連我聽到都差點發飆。

於是白草默默地站起來。

接著……她毫不遲疑，隨手就將……整理得很完美的筆記撕了。

紙一張接一張撕破的聲音讓旁人僵掉，連我都覺得背脊發冷。

太突兀的舉動使得周圍悄然無語，而白草就把變成碎紙的幾頁筆記吹向同班的少女。

『對不起，我的筆記剛才沒了，所以沒辦法借妳抄。不過這是我寫的，我愛怎麼處置都沒有問題吧？還是說怎樣？難道妳是條寄生在別人身上，還打算嚐甜頭的害蟲嗎？』

令人生畏的威嚇，同時也是嘲諷。

同班的少女惱羞成怒，莫名其妙地發飆說：「我看妳是白痴！」然後就走掉了。於是白草大概也覺得尷尬，便淡然地拿了掃把將筆記掃在一塊，裝進超商的購物袋，明明還是午休時間就拎著書包回去了。

偶爾會在放學路上跟白草講話的我早就迷上她了，因此我無法拋下她不管，就隨便找藉口假裝早退，偷偷朝白草追了過去。

後來我發現白草沒有回家，而是去了圖書館。然後她在裡面找了不易被人看見的地方占好座位，攤開在路上買的新筆記本，再從書包裡拿出破爛的舊筆記。

破爛的舊筆記密密麻麻寫滿了疑似在課堂等場合記載的文字。看來她似乎是想將內容整理到新筆記本。

這恐怕是白草的學習方式——那些撕破的筆記，都是她努力的結晶。

淚珠從白草眼裡撲簌簌地滴落，但她的自動鉛筆以及色筆都不會停下來。她專心一意地從頭寫起筆記。

這種令人匪夷所思的努力和骨氣，還有不願輸給荒謬事的志節，讓我受到了衝擊。

她被當成樣樣皆通的才女，然而那是靠努力呈現出來的樣貌，原本的她應該更加樸質，而且心思笨拙。明明應付的方法多得是，她卻邊流淚邊努力，只能用笨拙來形容。

但是她那笨拙的模樣十分美麗動人。

所以我才會——

…………

…………

……

「嗯？」

我從床上彈了起來。

窗外照進和煦陽光，傳來麻雀的啼聲。清新的早晨。

看向鬧鐘，時間是七點十五分。離鬧鐘響起還有十五分鐘。

「上次在鬧鐘響之前就起床，是讀小學時的事了吧……」

理由是──我心裡明白。

昨晚我既害怕又苦悶，翻來覆去幾乎沒睡著。雖然在朝陽升起時失去了意識，離熟睡卻還差遠了。就算被黑羽慫恿報仇多少讓我有了展望，但我的腦袋並沒有靈活到立刻就能切換淡忘。

「……爛透了！」

夢好難過。為什麼我現在會想起自己發現白草優點時的事呢？

明明是燦爛的回憶，一天之內就淪為爛透了。所謂的爛透了，是指「大家都不知道白草真正的優點，只有我曉得耶。之前曾這麼想的我是不是超噁心啊？」這種醒悟後的羞恥，還有「明明我曉得妳的優點，為什麼妳要挑其他男生啦？」這種嫉妒的心理合併在一起，總結起來就變成「爛透了」這句話。

「她怎麼會跟阿部那傢伙交往……」

氣到後來，我就想起了阿部的臉孔。

阿部充是三年級的學長，同時也是出道演連續劇的紅人。既然夠格上鏡頭演戲，當然會是個爽朗又有王子氣質的型男，對此我也實在無從挑剔。

但是演技就另當別論了。

『欸欸欸，妳們有看嗎？我是說，阿部學長演的那齣連續劇。』

『有～～！學長超帥的～～！』

『學長在戲裡很突出對不對～～！他果真帥到不行，演技也好棒～～！不愧是學長，簡直就是天才嘛～～！』

班上的女生曾像這樣聊得熱絡——然而要我坦白講的話，我認為那是「垃圾般的演技」。畢竟網路上也有人說他是靠父母庇蔭，還說他是扶不起的影星第二代，寫得相當不堪，所以也不全然是我一個人的意見吧。

我對阿部學長的印象大致上正是如此，本來就非常糟糕。只不過——

『末晴，那聽起來只像你不受歡迎才會對學長有偏見啦。啊，這麼說來，記得阿部學長跟可知的家人是有來往的對吧？該不會……』

我被哲彥這麼說過，也就無法否認當中含有嫉妒和偏見。

（唉，我知道啦，這都是偏見。）

畢竟阿部學長相貌出眾，父親在演藝圈，家裡頭有錢，家世又好，似乎連成績都不錯，運動神經也傑出過人，據說性格還很謙虛。

哲彥的帥是屬於耍痞的那一型，所以在女生當中只有輕浮的女孩子吃他那一套，而且因為他是個爛人，即使跟女生交往也不會長久。因此該怎麼說呢，哲彥有他不惹人厭的地方。

然而阿部學長就沒有什麼緋聞，長相也屬於誠懇的王子類型，即使跟哲彥同為帥哥，人氣可說是天差地遠，阿部學長在校內甚至有非官方的粉絲團。

完美無缺的型男。那便是阿部充。

「可惡，『我也是』……」

忍不住衝口而出的話太不自量力，連我都嚇了一跳。

（我也是——真不知道我能說什麼。）

這是理所當然的，想一想就會曉得。

我很平凡，無論運動和成績都屬於平庸水準，長相更是既不算好也不算壞。

或許戀愛的成否並非取決於才華，但是比別人強的能力或相貌就會成為「武器」。從這個觀點來說，阿部學長便具備許多武器，還懂得運用，屬於開外掛的玩家。平凡的我要挑戰他，就必須找其他武器……至少口才或察言觀色的能力是必要的吧。明明這些我都沒有，卻敢說「我也是」這種話，根本是痴心妄想。

（但是——）

「要武器的話我有」。不過，那是被我一度捨棄的武器，而且因為長期沒使用，不知道如今是否還能使用。

換句話說，有跟沒有一樣。

但我心裡的某處仍懷著芥蒂。有所懊悔。

（我——）

我還辦得到嗎……？還來得及挽救嗎……？

在我迷惘、畏懼、後悔的時候，其他人則是一個接一個地拋下我向前邁進。

「……我不想輸。」

此刻，若是把我最真的想法化為言語，就只有這一句。

我不清楚怎樣算贏、怎樣算輸。

只是我大有「被甩掉＝輸」的念頭。若是化為言語，幾乎可以稱作完全落敗的心境。

但只要不認輸就不算輸也是一項真理。我會被黑羽提議的報仇吸引，應該就是因為我無法認輸，還希望設法贏回來吧。

有這種念頭的人難道只有我嗎？不，肯定不是這樣。

我可是初戀破滅了耶，當然要懊惱吧！

因為情敵長得帥又有錢、頭腦聰明、運動神經優秀，所以輸掉也無可奈何？

錯了吧！就算平凡，就算沒有才華也都無所謂！歸咎於才華不就成了藉口嗎！所以我才不會說那種話！我還是要贏給對方看！

那我要怎麼做才贏得了？怎麼做才可以扭轉局面？才可以報仇？

我笨歸笨，倒還是知道要贏必須有什麼條件。

從正面挑戰贏不了的對手不叫勇敢，而是魯莽。像這種情況，挑弱點下手就對了。

即使跟對手站在同一處較量也沒有勝算，例如比長相就絕對贏不了，所以要找對手辦不到的事情來較量。

弱者有弱者的戰法。冷靜下來思考自己辦得到什麼，會發現還挺有可為。

沒有錯，簡單來講呢，答案便是——

「不擇手段」——就這麼回事。

*

「好啦，第二十三次演藝同好會圓桌會議要開始了——」

位於體育館的第三會議室。

過去這裡的名稱叫話劇準備室，但是話劇社在七年前因為社員不足而廢社了，後來就變成了第三會議室，不過只要向學生會申請，學生都可以任意借用。因此哲彥在創立演藝同好會以後，就搶先找了第三會議室當成討論的場地，打好準備升格成社團的基礎，而他今天也跟平時一樣借了場地來用。

然而——

「換句話說，小晴是想找出阿部學長的弱點，然後向大家揭發嘍？」

「對！男人都會有一兩件事情想隱瞞！我就是要替他廣為宣傳！如此一來，跟他交往的可知也無法倖免於難！論及可知看人沒眼光，再把破鍋配爛蓋的說法傳出去！這樣阿部與可知就等著跌落谷底了！簡直是最棒的報仇方式！咯咯咯！天才過頭的我真可怕！」

我跟黑羽卻為了別的事情——對初戀復仇聊得正熱絡。

「喂～～末、末晴～～還有志田～～……」

哲彥看似傻眼地朝我們搭話，我的耳朵卻聽不進去。

上課都在苦思報仇方法的我巴不得盡快找黑羽商量。不過由於內容是如此，我只能一個人想點子。

接著總算到了放學後。位於體育館的第三會議室位置偏僻，隔音也幾近完善，再沒有比這裡更適合商量的地方，終於能發表點子的我就一直很興奮。

「……小晴，哲彥同學在叫你耶……不理他沒關係嗎？」

「嗯？哲彥？」

我抬起臉，就發現哲彥確實正站在白板前面。

「哲彥，你什麼時候來的啊？」

我帶黑羽進來的時候他並不在。講話太專心就完全沒有察覺到。

「是你自己太熱衷講話而已，留神點啦。」

可惡，事情談到這裡就結束了嗎？由於內容是如此，我也不能讓哲彥聽見。明明好不容易才熱絡起來的耶——

「哲彥，麻煩你去別的地方，我跟小黑有重要的事要談。」

「欸，這裡是我申請借到的耶。」

「反正又沒什麼了不起的議題要討論，今天就算了吧。」

「啥～～？」

哲彥蹙起眉頭。

「文化祭就快到啦。今天，我們是要規劃活動演什麼戲碼啊。」

「你自己決定嘛。重頭戲就是你演的獨腳戲吧？」

「末晴，你真的不上場嗎？」

「我只是閒著才被你拉進來幫忙。說過好幾次了，我沒打算上場。那麼事情就說到這裡。我會幫忙弄活動，麻煩你回去吧。小黑，我們接著談——」

叩——我頭上挨了一拳。有夠痛。我火大了。

「你這傢伙～～～～搞什麼啊～～～～！」

「還不是因為你講那些氣人的話～～！你這條不乾不脆的軟弱蟲～～～～！」

「發什麼飆啊～～！現在不是扯那些的時候啦～～你這白痴～～～～！」

「你被甩掉了吧！這點小事誰看不出來！你這廢物！」

「…………………………敢問閣下是怎麼知道的？」

我瞪圓眼睛愣住了，哲彥就搔搔頭，還用視線催促黑羽代為發言。

「小晴，因為你很好懂。再說，哲彥同學直覺也夠靈敏，我想他當然看得出來喔。」

「當真？並不是你想的那樣喔。」

「末晴，不用跟我裝了，一眼就看穿了啦。」

「反正不是你想的那樣喔。」

「他的演技為什麼會爛成這樣啊……志田，妳知道原因嗎？」

「小晴私底下一向都這樣。」

「唉，應該是意識有沒有切換的差別吧。」

哲彥清了清嗓。

「——所以嘍，末晴，我已經曉得了，你再隱瞞也只是給自己找麻煩。我不會告訴別人，你就放心吧。」

「你真、真的不會告訴別人，哲彥？」

「這還用問？我們不是朋友嗎？」

哲彥把手放到我的雙肩，並朝我投以充滿安慰之情的眼神。

我感動得濕了眼眶。

「哲彥……你……」

「我不講——————才怪！這種有趣的事情，當然就是要宣傳出去啊，咯咯咯——————！」

這傢伙居然一下子就露出本性……！

「我要宰了你！」

「試試看啊！我會在你動手前就先宣傳出去啦～～～～！」

黑羽嘆了氣，打開我進貢的洋芋片包裝袋。接著她也沒有阻止我們，還一手拿洋芋片吃一手玩起手機。

「你敢那麼做的話，以後你每次交新女友，我就會把你的戀愛經歷告訴她！」

「什麼～～～～～～！你好卑鄙，末晴！」

「哼，我可是精通下跪技巧的男人！良心早被我用面紙包起來扔掉了！」

「哈，你以為能贏過已經被超過一百個女人『認真再認真』地罵『去死』的我？」

「游刃有餘。我三秒鐘就能脫光光。怎麼樣，你辦得到嗎？」

「呿！為了追女人，我一秒鐘就能舔對方的高跟鞋耶。怎麼樣，是我贏了吧？」

「受不了，你們兩個真的都是笨蛋……」

黑羽嘆氣，隨手把洋芋片遞到我們倆之間。

「你們兩個，要吃嗎？」

「「要！」」

受到食慾牽引，我們三個默默地啃起洋芋片。

「啊，志田，妳的羽球社隊服很可愛耶。」

「謝謝。」

「妳蹺掉羽球社的練習了？」

「她是在準備上場練習時被我帶來的。」

「哎喲！小晴就是這麼強硬。」

「因為我想盡快跟妳商量啊。」

「唉，我不是說過等社團活動結束再去你家嗎……小晴，之後你要替我向社長道歉喔。」

「會啦會啦，我會記得去下跪。」

「末晴，你真讓人不敢領教～～把下跪當專長真夠扯的～～不說那些了，志田，妳差不多可以加入同好會了吧～～文化祭，只有兩個人能做的事情實在太少啦～～」

「再讓我保留一下。雖然我並沒有提起勁參加社團活動，跟社團裡的人還是會來往啊。」

「ＯＫ。」

趁黑羽講話的空檔，我抓了幾片洋芋片一口氣塞進嘴裡品嚐，就在這時候——

「……咦，奇怪？感覺話題是不是變了？」

回神的我嘀咕了一句。黑羽和哲彥嘆息。

「你現在才發現啊……」

「小晴……你這樣就有點……」

「別用關懷可憐小朋友的眼光看我啦！」

我心裡難免會受傷的。

「我開始覺得末晴很可悲了。好吧，今天我退讓，你們可以隨意使用這間會議室。」

哲彥說完就把鑰匙朝我扔過來。這是叫我記得收拾跟歸還鑰匙的意思。

「可以嗎？」

「畢竟你今天的狀況也聽不進我講的話吧？距離文化祭是沒什麼時間了，不過也罷。」

奇怪，哲彥難得人這麼好……不知道是吃錯了什麼藥。

被溫柔對待，我就會過意不去，所以我決定好好向他道歉。

「抱歉，哲彥。等事情有著落以後，我就會幫忙。」

「不用放在心上啦。」

哲彥把書包揹到肩上，爽朗無比地從第三會議室離去。

「那傢伙是吃錯藥了嗎……？不對，難道是跟他長得像的人……？」

「我覺得正常是要理解成對朋友被甩的體恤……小晴，你也滿過分的耶。」

總之這樣就有可以供我們無後顧之憂地獨處討論的房間了。把話題帶回復仇吧。

「所以呢，小黑，我提的主意妳有何感想？揭發阿部的弱點，跟他交往的可知也會跟著名聲掃地。妳不覺得是一舉兩得嗎？」

黑羽把手指湊到下巴，擺出可愛的模樣開始思索。

「哎，老實說……我覺得不錯。」

「喔喔！」

「這次目標是『最棒的報仇方式』。所以，我覺得摸索出能讓你最痛快的做法才是第一優先。你的意見當然要採納，但就算剔除這部分，我也認為是可行的。貶低自己怨恨的對象。這招果真是典範。」

「這樣啊！」

「好在你沒有打算貿然跟阿部學長對抗。方法固然卑鄙，但我覺得會有效果。光聽傳聞，那個學長似乎相當完美無缺，正面跟他起衝突就太吃虧了。」

「不愧是小黑，原來妳能理解啊。」

黑羽漂亮地領會了我的用意，該說她不愧是青梅竹馬吧。

然而黑羽在這時露出凝重的表情。

「但你似乎想得太美了。至少有兩個問題在。」

「妳說……什麼？這是什麼意思……！」

黑羽豎起纖細的食指。

「第一個問題，這樣報仇有很高的風險。在你刺探阿部前輩有什麼弱點的過程中……比方說跟蹤到一半穿幫的話，就會遭受強烈譴責。而且就算好不容易找出弱點，做法一有差錯就會被人說成你四處講學長壞話，對你造成的損失更大。因為阿部學長的形象非常好，我認為要小心對方反擊。」

的確。有意貶低對方，說穿了就是卑鄙。如果被別人知道，將會賠掉自己的名聲，並非輕易就能實行的手段。

「但是呢，小黑——」

我早就有了心理準備。

「這我也算到了。我不認為自己可以免受風險就讓阿部那個開掛的傢伙措手不及，因此這一點不要緊。」

「……我明白了。這樣的話，還有另一個問題。」

「是什麼問題？」

「你剛才提出的方案，『就算進展順利也贏不過對方，只是沒有輸而已』。」

……啊，我大致懂黑羽的意思。

報仇常有的結局就是：「報了仇，卻感到空虛……」

要說的話，我是把原本只有自己輸的局面，用報仇的手段設法拚成兩敗俱傷，就這樣而已，絕不代表我贏了對方。

「那樣不叫最棒的報仇方式吧？」

「……的確。不然我該怎麼做？」

「很簡單啊。」

黑羽用雙手裹住我的手。

「小晴，你要幸福。走到那一步，才能算是你贏。我有說錯嗎？」

「也對呢……小黑，妳說得有道理。不過，要我幸福是嗎……」

總覺得那是目前離我最遠的一個詞。為復仇而焦心，還不惜用卑鄙的手段玷汙自己。要我在這種狀況下談幸福，感覺只像其他星球上發生的事情。

不過——我腦海裡閃過了一幕。

「剛才你想到了幸福的事情吧？那是什麼樣的事？」

黑羽看穿我的心思之後催我說出來，可是我沒辦法立刻回話。

我甩掉了黑羽，黑羽卻始終願意喜歡我。

儘管我不知道是否該跟這樣的對象吐實，但是之前在堤防，我已經把難堪的部分統統對黑羽表露出來了。那使我覺得不用再對她隱瞞任何事，於是我就說了自己想到的畫面。

「我腦裡浮現了被可知告白的光景。」

即使決意要報仇，我對白草到底還是有感情。雖然既懊惱又丟臉，但這就是我的真心話。

「我當然對她很不爽，也有意思要報仇！結果卻……唉，我真笨……」

「嗯，你真笨。」

黑羽用毫不客氣的言詞扎進我的心坎。

「唔……我想也是！我自己也曉得！」

「但是我懂你的心情。」

黑羽輕輕把下巴湊到我的手臂上。

我心裡滿懷愧疚。

從白草那裡得到的待遇，我則是用來對待黑羽，黑羽卻連一句怨言都不說。

「小晴，不然你跟我假裝成情侶如何？」

「！」

出乎意料的提議，我看不透黑羽有何用意。

那麼做的話，不會讓黑羽傷得更深嗎？但是黑羽主動向我提議，不曉得有什麼樣的含意。

黑羽大概是從表情看出我並未理解，就溫柔得像在教導小孩一樣告訴我：

「既然輸是輸在戀愛，贏也要靠戀愛才能贏啊。」

「或、或許是這樣沒錯啦……」

「像這種事情，重要的是站在對方的觀點來想。可知討厭男生，卻對你露出溫柔的一面。表示呢，她對你有一定程度的好感，搞不好還打算把你當備胎——我認為可以這樣假設。」

「原、原來如此……」

「然後呢，她自己跟真命天子湊成一對了，就考慮把你割捨，正當此時，身為備胎的你交了女朋友……而且還是像我這樣可愛的女生，你覺得她聽了會怎麼想？」

「小黑，妳偶爾會有自信過頭的傾向耶。」

「不可以嗎……？」

淚汪汪的黑羽往上瞟著我，還嬌滴滴地扭身。

妳刻意裝什麼可愛啦，白痴！對男高中生擺出那種身段太卑鄙了吧！

「……唉，妳確實很可愛就是了。」

「好耶，我贏了～」

勝利的V字手勢。我不曉得贏的標準在哪裡，黑羽倒是滿心歡喜。

但這就先擱到一邊吧，黑羽的提議可謂厲害。從白草的立場來想，原本當備胎的男生突然交了黑羽這種等級的女朋友，應該會這麼想：

『咦，我明明把他當備胎耶，該不會我才是被當備胎的人吧……？』

——就像這樣。

這招猛耶！效果十足的一擊！我正是希望像這樣給對方屈辱的一擊！

「不過這樣好嗎？會不會勉強到妳？雖然是騙人的，但跟我這種人交往的消息要是傳出去，對妳來說不就虧了嗎？」

畢竟我是個笨蛋，我能跟黑羽這種等級的女生交往就會讓人羨慕；但從黑羽的觀點來看，跟我交往的下場就是被問：「妳被威脅了嗎？」或者「因為是青梅竹馬，妳才可憐他的吧？」

……嗯，我自己想了都覺得丟臉。

換句話說，我們佯裝交往對我是有利的，對黑羽卻沒有。然而這樣真的好嗎？

黑羽雙手扠腰，「唉」地嘆息。

「哎喲～～！小晴，你真笨耶。」

「是這樣沒錯，總之麻煩妳解說。」

「就算是假的，我依然『可以跟喜歡的人交往』啊。這對我來說就只有利益嘛。」

「唔唔唔唔————————————————————————！」

這是怎樣，好大的震撼！

想把額頭貼到地上道歉的內疚感，跟心臟彷彿被緊緊掐住的壓迫感同時存在。

只是我並沒有覺得不愉快。被黑羽稱為喜歡的人，我高興到不行。她直接示好，讓我亢奮得想到處跑。許多種情緒攪和在一起，我都快要搞糊塗了。

……呃，等等。奇怪了，話說黑羽有這麼可愛嗎……？

歪過頭的黑羽看起來比平時可愛三倍。我的心無法停止悸動。

不不不，不能讓事情演變成那樣。我也太好拐了，太沒有節操了。

「小晴，你要不要說些什麼？」

「沒、沒有啦，那個，等我一下。我好像靜不下來，講話理不出頭緒。」

我轉身背對黑羽，蹲了下來。兩耳用手摀住，阻絕聲音。

要冷靜。把冷靜取回自己的世界。沒錯，只要像這樣短暫阻絕外界的資訊，我就可以像在鏡頭前一樣立刻冷靜——

結果靠到身旁的黑羽簡直快跟我貼在一起，指頭還纏住我的手。接著她讓我的手離開耳際，在氣息幾乎要吹到臉上的距離對我細語。

「你啊，乾脆坦然地告訴大姊姊你的想法嘛。」

「——————————！」

背脊打起哆嗦，快感一路直達指尖，讓我感到酥麻。

我用全力縱身向後退。

「小黑，這樣不好，這樣真的不好！」

「哪裡不好？」

進入壞心大姊姊模式的黑羽態度挑釁，又莫名地嫵媚，所以我應付不來。

「……妳明明就曉得。」

「啊哈哈，小晴，你好可愛～～」

我的理智「啪」地斷線了。

在心裡受壓迫又被罪惡感逼急的時候，好似要讓耳根子融化的細語和氣息早就讓我將絕大多數的理性都拋到腦後。此時被她往上瞟過來說我可愛，讓我體認到自己完全被玩弄於股掌之間，僅剩的一點理性就隨之斷線了。

湧上來的是憤怒以及反抗心。然而我也是個男人，我才不會任意動粗，而是堂堂正正地說出真心話跟她對抗。

「可愛的是妳啦，白痴！妳這樣還要假裝跟我交往，有夠難為情的！而且我心裡居然忍不住高興起來，會不會太噁了啊！妳說是吧！」

睜圓眼睛的黑羽眨了幾次眼，然後滿臉通紅地搔了搔臉頰。
「啊……我好像該跟你道歉。」
女生很詐耶。害羞以後就可愛得讓人不忍心責怪。
「啊，沒有，我才要跟妳道歉……」
「不、不是的，印象中，小晴好像都沒有當面說過我可愛……我就忍不住害羞了……」
吼～～就是這樣啦！可愛到爆炸！
我講話實在沒辦法那麼露骨，就盡全力做了口頭上的抵抗。
「被妳像這樣挑逗，即使知道是故意的也會忍不住心動，就饒了我吧。我真的快頭昏了！」
「等、等一下，小晴，你太老實了……」
「有什麼關係嘛！是妳叫我告訴妳真心話的吧？還是說，妳會排斥？」
「哪、哪會啊，被喜歡的人這麼說，我固然是覺得開心……」
這樣果真不好啦！彼此都真情流露過了頭，超危險的！
這種氣氛！該怎麼形容呢……有股桃色氣息？輕易就把喜歡說出口，而且還發自真心，理性會融化喔。
我往旁瞄了一眼黑羽的動靜，就發現她正好也往上瞟過來觀察我的動靜。
明明只看那麼一瞬間，視線卻對個正著。

我們太會抓時機了……真難為情。

好似磁鐵跟磁鐵互斥，我們彼此轉開視線，望向別的地方。

「那、那麼，雖然是騙人的，把我們交往的消息傳出去，然後讓可知同學感到屈辱的方案，就當作通過了喔……」

「也、也是。採用妳說的方案好了……」

「那、那我們要不要先親一下……姑且當作既成事實？」

噗！我噴出聲了。

「喂，小黑！妳的理性！妳的理性都快蕩然無存了啦！」

「可是，你聽我說嘛！現在不就可以順勢讓我們更進一步嗎！所以我覺得親一下應該是可以的。」

「不行不行……我的理性好像也要融化了……」

「哦，你還在忍啊，小晴……？明明我都已經這樣了耶……總覺得……你好詐喔……」

黑羽的嘴唇散發出動人光澤，豐潤的唇帶著一絲紅暈，吸引住我的目光。

我倉皇地後退，腳卻絆到椅子，讓我跌了一跤。

「呵呵，迷糊的小晴。」

換成平常，黑羽就會在這時候用傻眼的語氣嘀咕，並且立刻朝我伸出手。

但黑羽現在的嗓音有股嬌媚。她沒有朝我伸出手，還主動蹲下把臉湊過來。

「我、我、我說啊，小黑……總覺得，妳是不是正在靠近我……？」

「有嗎……？或許有喔……」

依然跌坐在地的我拖著屁股後退，於是黑羽就蹲著追過來。

我因此在雙腿使勁，打算讓自己再後退一點，可是我來到牆腳以後就再也退不了了。

就在此時，黑羽朝我逼近。

「呃～～黑羽小姐……？妳的眼睛，已經發直了耶～～……」

「所以呢？」

啊，糟糕。她完全進入狀況了。

「哪有什麼所不所以……」

「全部都交給大姊姊就好了喔……沒什麼好怕的……」

「可是我怕這樣會無法回頭……」

「你還能思考以後的事啊……饒不了你喔……」

受到桃色氣息的荼毒，理性融成一片，正準備相互交融。

「小晴——」

黑羽的嘴唇接近過來。

我在想或許這樣也不錯。這肯定可以忘掉難過的事，有舒適的世界在等著。

但是──

『──謝謝。能聽你這麼說真讓人欣慰。我有努力至今……實在太好了。』

內心的那股激昂喚醒我的理性。

「不、不行啦──！」

我逃也似的站了起來。

可是那裡有白板！

重重撞到頭的我痛得死去活來，但我還是想跟黑羽保持距離，就腳步踉蹌地往右邊逃，跟她拉開了距離。

「小、小黑，感覺氣氛確實不錯，我也受到相當大的動搖，但我認為像這樣曖昧不清地做出那種事不行啦！」

「哦～～原來你受到動搖啊……而且，程度還相當大……」

嫵媚的眼神攪亂了我的思緒，稍微變正常的氣氛立刻又染上粉紅色。

「哎喲～～！小晴，你真的都不會說謊耶……我呢，好像滿喜歡你這種特質。」

「就～～說～～了，別這樣～～！我到底是個男人，被妳這種可愛的女生示好，事情就糟糕了！」

「為什麼會糟糕呢？哪裡糟糕？你告訴我嘛，小晴……」

「總之妳別這樣就對了啦～～～～～～！」

受不了，黑羽未免太進入狀況啦！

像這種時候——

「只能溜了！」

腳底抹油閃人！我迅速抓起書包，朝出口伸出手。

「啊，小晴！」

「我去打聽一下阿部學長的消息！結束以後會回來鎖門，麻煩妳先回去社團活動！今天謝謝妳了！那麼明天見！」

我不由分說地交代完以後，就穿過門口到了外頭。

在我關門的瞬間，留在裡面的黑羽嘀咕了一句：

「——你這軟腳蝦。」

＊

打算陷害人的我試著策劃以後，便發現事情比想像中辛苦。

舉例來說，我現在正準備刺探阿部的弱點。這樣的話，我就必須從遠處觀察阿部，或者從他身邊的人打聽消息。

可是這麼做的話，旁人會怎麼想？他們八成會覺得我是個怪咖，當然也會有人跟阿部通風報信才對。

所以我首先著手的就是編藉口。

「可以打擾一下嗎？」

我找了留在阿部的班級三年A班的男生講話。

「怎樣？」

「我是校刊社的幫手，目前正在收集有關阿部學長的情報……」

「哦～～」

我跟黑羽分開後就先去了校刊社。社長和我來自同一間國中，我們也認得彼此。

阿部學長最近演了連續劇，假如有他的情報，你們校刊社會想要吧——我這麼表示以後，對方二話不說便回答：當然。

藉此我就頂著「校刊社幫手」的頭銜四處打聽。只要我先這樣聲明，四處找人打聽就不會顯得不自然，而且在最後——

「感謝同學分享的訊息。啊，可以的話，我在四處打聽的事請幫忙保密。畢竟我們不希望阿部學長提防校刊社，再說採訪到趣聞的時候，當成獨家祕辛一舉發表才有震撼力嘛。」

像這樣講一聲，對方就會理解。

「原來如此，我懂啦。」

然後順利無阻地接納我的說詞。

雖然不曉得對方是否真的會幫忙保密，但是堵嘴的措施做太多反而會引起疑心。我判斷即使對方告訴阿部這件事，我又沒有報上姓名，應該不會有問題吧。

我東問西問，試著找了三個男女生打聽。

把阿部的風評總結成一句話就是——他人超好。

『那傢伙既不會炫耀自己是影星的兒子，也不會擺架子啊。大家知道他爸的事情以後，都會想見個面吧？你知道像這種時候，他會怎麼說嗎？那傢伙會邀我們去吃拉麵耶。聽了會覺得這是在幹嘛，對不對？於是那傢伙就會問：有人提到想見你父母時，你要怎麼跟家裡說？得聲明彼此是朋友吧？那彼此不先認識到能以朋友相稱就會很怪吧？這是他的說法。他還說：你不覺得把初次見面的人介紹給父母認識未免不合常情嗎？他既不會發脾氣，也沒有挖苦人，講話就是這麼直接。聽他一說，大家都覺得也是有道理。所以我覺得這個人很正派，是不錯的傢伙。祕密？沒聽說過耶，畢竟那傢伙都大大方方的。總之他是個好人就對了。』

『我偶爾才會去輕音樂社露臉，他卻每次都會跟我這個讀一年級的學弟打招呼……坦白講，這讓我得意到拿來跟身邊的朋友炫耀。阿部學長的歌喉？我想當然是比不上職業歌手啦，不過，他還是滿會唱的。你是問他會不會跟社員起爭執？比如在戀愛方面？啊～～是有女生跟阿部學長告白，而那個女生是鼓手學長喜歡的對象。據說社團裡曾因為這樣搞壞氣氛，不過那時候阿部學長好像也明確拒絕對方了，大家都曉得他沒有任何過錯，所以好像很快就恢復原狀了。』

『其實呢，去年我跟阿部同學告白過……結果沒有成功。然後當時的我很容易鑽牛角尖，就絕望得看不見身邊的一切，還說了謊話抹黑他。我騙別人說阿部同學是個看到漂亮一點的女生就會立刻追到手再把人家拋棄的渣男，可是都沒有人肯信……也難怪啦，這種謊話太離譜了。然後我因為說謊，連朋友都從我身邊離開了，當我不知該如何是好時，阿部同學就過來找我講話……他是來跟我道歉的。明明阿部同學沒有任何錯，有錯的人反而是我，他卻道歉說自己傷了我，而且他講話都是發自內心的。然後我就清醒過來了，覺得對他真的很過意不去。當我向大家坦承自己說謊並道歉時，阿部同學也有袒護我……所以我真心感謝他。』

我為了鎖門而回到第三會議室，正在回顧採訪時所做的筆記。

「這是哪來的完人啊……」

正常來想，任何人起碼都挖得到一條負面傳聞，他的風評卻好得嚇人。

坦白講，我怕了。有這樣的人會讓我喪膽。

「白草被他吸引也是無可厚非——」

話說到一半，我回過神。

「最好是啦～～～！這跟那是兩碼子事～～～！」

我可是妒火中燒的嫉妒俠！聽到情敵的優點反而燒得更旺！這下子我更有勁了，一定要挖出他的缺點！

「——什麼叫兩碼子事呢？」

第三會議室位在體育館邊緣，絕對不會有人碰巧到這裡。沒錯，除非有意要過來，否則任誰都不會跑到這麼偏僻的地方。

而有個身穿制服的男生門也不敲，就進來第三會議室了。

堪稱王子型帥哥的端正五官與柔和身段，我明明沒跟這個男生講過話，卻對他很熟。

「阿部學長……」

正被我刺探弱點的情敵——阿部充。他不知怎地來到了第三會議室。

事態不尋常。但是我猜不出對方來意為何，因此不能輕舉妄動。

「你好像四處打聽了許多關於我的事呢……丸末晴同學。」

口氣隱然有股餘裕。對方應該有感覺到我的敵意，難不成他認為連應付的工夫都可以免了？

我看不慣那種有餘裕的姿態。

「原來如此，表示學長已經聽說了嗎？消息真靈通呢。」

「嗯，算是碰巧聽見的。何況四處打聽的人若不是你，我想我也不會過來這裡。」

「……哦～知名的學長會認得像我這種人啊？」

「與其說認得你……精確來講，應該是我『想起了』關於你的事吧？」

怦通——我的心臟隨之猛跳。心慌加劇。

喉嚨好乾。我有了逃跑的念頭，出口卻被對方堵著。

「我不曉得學長在說什麼耶……掰嘍，畢竟我也不是閒閒沒事。」

話說完以後，當我推開阿部準備將手伸向門把時。

「『天才童星丸末晴』——我直到最近才知道你是讀這所學校。」

「……！」

我的手在發抖。我想立刻回家，然後鑽進被窩裡。

「誰、誰啊……那是同名同姓的其他人吧……學長，恕我失陪——」

「說謊並不好喔。從你臉上看得出小時候的影子，肯定是你。陪我聊聊無妨吧？」

開到一半的門被對方用力關上。我總覺得渾身乏力，連逃跑都提不起勁了。

「你演的戲，我有看過喔。還記得吧，那齣收視率超過百分之三十的劇，當時甚至成了社會現象呢。前陣子我回顧了一下，你的演技相當催淚耶。然而你也懂得逗觀眾笑，厲害。歷史劇主角的年幼時期被你演得淋漓盡致，還有你演的電影——」

「學、學長，我覺得，談到這裡就夠了——」

「嗯？是嗎？對了，還有還有，你在歷史劇中有跟我父親一起演出過吧？當時呢，我父親還在家裡稱讚過你。他很訝異跟我同年齡層的孩子當中有你這樣的演員，還為此受了刺激。後來我就是因為這樣才會立志當演員。」

「啊，感謝令尊賞識……不好意思，那我要走了……」

準備離開的我被阿部抓住了手腕。

「——能不能告訴我一件事就好？」

「呃，那個，我真的有事要忙……」

「六年前，你突然從演藝圈消失，那是為什麼？我父親似乎知情，卻完全不肯告訴我……我想知道理由是什麼。」

「當時的記憶」在我腦海裡閃現。

喊卡的聲音；共同演出者們滿足的笑容；我跟媽媽說了聲「好耶」，媽媽沒有反應；抓著她晃也還是不動；媽媽的溫暖傳到手裡，但是她沒動；喧嚷聲變成尖叫。所以我就——

「不曉得！我完全不知情！」

我咬緊牙關，然後吼了出來。

阿部默不吭聲。他望著我，冷靜到詭異的地步。

接著他咕噥了一句：

「換句話說，你就是逃走嘍。」

這句話頓時讓我氣炸了。

情緒脫韁失控。剛才明明還提不起勁，如今卻氣得控制不了自己。我揪住阿部的領子。

「你根本什麼都不懂！別胡說八道！」

「我說的是事實吧？既然如此，說出來又有什麼關係？」

「為什麼我非得被你講成那樣！」

「因為我恨你。」

我覺得自己頭一次見識到阿部這個人的情緒。

問誰都稱讚的完人。即使雙方像這樣第一次交談，他也沒有挖苦我。

話說到這裡，他卻冒出了「恨」字。這就是這個男人的本性。

「你有看我演的戲嗎？」

「……姑且看過。」

「感想如何？」

「…………」

長相是不錯，演技卻七零八落——這話我當著他本人的面實在說不出口。

「唉，不用說我也曉得。你想說演得很爛對吧？我自己也知道，我沒有才華。」

「……是喔。」

「還回我『是喔』，你真過分耶。果然你也覺得我沒有才華。嗯，雖然說正是如此沒錯。」

阿部大大地嘆了口氣，然後放鬆肩膀。

「我得知你的活躍才當了童星，但因為我欠缺才華，即使有父親的名氣，也不是輕輕鬆鬆就有戲能演。後來連我都體認到自己有多麼欠缺才華，就打算嘗試其他路線。不過呢，我還是想當演員。所以到這個年紀又回來演戲，卻依然天天都深切感受到自己多沒有才華——就在這時候，我得知你就在這所學校。被譽為天才童星的你，能理解我是什麼樣的心境嗎？」

「……會覺得心裡很不爽吧。」

「感覺你講話好敷衍耶。」

「即使不是像學長一樣的紅人，只要有人認出我，我給的反應都差不多。」

隨便對我寄予期待、隨便來糾纏、隨便誇獎我、隨便貶低我。

我已經受夠了。假如我做了蠢事而被看扁，那倒無所謂，唯獨被人拿往事數落這一點就是讓我氣不過。

「你讀這所學校的事，是白草告訴我的。」

「！」

白草知道我的過去……？但是她跟我說話時，完全沒有談及這個話題。然而她卻跟阿部提過……？這是怎麼一回事……？

「白草跟我從以前就像一家人，她父親在頗有規模的公司當老闆，跟我父親是從學生時期便認識的好朋友。話雖如此，我們在彼此都變忙碌的國中時期並不常來往，是進了同一所學校才又開始互動。呃，這些事你沒聽她說過嗎？」

「……對啊，她沒提。」

阿部嘻嘻笑了。

我明確地體會到了。剛才，他是在瞧不起我。

「你在跟我挑釁，對嗎？」
「我從一開始就是這個意思，你現在才感受到啊。我果真是三流演員。」
「那麼，難不成連你跟白草交往的事——」
阿部露出了今天當中最邪惡的微笑。
「你終於察覺了。對，就是那樣。我會想跟白草交往，單純是為了讓你嘗到屈辱的滋味——這一層用意占了大半。得知你讀同校以後，我立刻向人探聽你的現況，結果聽說你似乎是迷上了白草。所以我認為這一點值得利用，就把白草追到手了。說來並不好聽，總之我就是想贏過你，用眼睛可見的某種形式，明確贏過你。」
「你這傢伙……！」
我揪著阿部的衣領，舉起了右手。
「哎呀，能不能請你別動粗？假如你想被校方退學，我倒是不會阻止喔。這樣一來，我是不是就贏更多了？想想或許還不錯呢。」
這傢伙是怎樣……！
這傢伙是怎樣是怎樣是怎樣……！
他哪裡像完人了？他哪裡像王子型的爽朗帥哥？根本就是個嫉妒到滿肚子都是壞水的大混帳啊！而且我現在明明什麼也沒做，他卻翻出了好幾年前的舊帳！

原來白草是在跟這種人交往嗎？為什麼她會決定跟這種人交往？

可惡！可惡透了！臭白草！居然因為長相帥氣就被這種人騙！

「你好像正在探聽我的弱點……哎，我想你是找不到的。我在鏡頭前的表現爛歸爛，要避免惹身邊的人反感倒是我的長項。」

「哦，那真了不起，跟我相反。有沒有什麼訣竅？」

「沒有啊。硬要說的話，就是要求自己保持誠懇的心態吧？」

「幸好。我在打聽你的過程中，差點覺得自己會討厭這麼一個好人是不是本身缺乏器量的問題……但我現在不需要介意了。」

「是嗎？那太好了——令人反胃呢。」

阿部嫌髒似的撥開我的手。接著他摸了摸獲得解放的脖子，並且調適嗓子。

「啊，對了，告訴你一件事。白草雖然決定跟我交往了，卻顯得有點迷惘。」

「你是說，迷惘……？」

「她在過去呢，似乎有過一段回憶。」

「回憶……？」

「目前我跟白草的關係並沒有對外公開。哎，因為她說出來了，事情就逐漸傳開啦，但我也得顧慮經紀公司的意向，對別人都是含糊其辭。所以呢，我決定在『告白祭』重新向她告白。在這麼多人面前公開的話，經紀公司也沒辦法推翻，而且在『告白祭』告白還可以讓白草拋開過去的回憶——我打的主意便是如此。你懂嗎？那會成為你這段初戀的時限，就這麼回事。」

「唔——」

我深呼吸，內心拚命想取回冷靜。

「學長，你卸下偽裝以後有夠噁心的耶。不過該怎麼說呢，我覺得這樣比假裝完人的你有魅力多了。假如事情與我無關，也許我並不會討厭你。」

「跟你對話以後，我更討厭你了。現在我滿意了，那就失陪嘍。告訴你，我認為這是一段有價值的交談。」

阿部自顧自地講完想講的話。而且他最後還留下一副做作的笑容才從會議室離去。

「臭傢伙——」

我用力捶了牆壁，疼痛透過拳頭逐漸竄上腦袋。

弱者有弱者的戰法。換句話說，就是要「不擇手段」。

而戰法有兩種。

一是攻擊對方的弱點。然而阿部的弱點至少並不是我能輕易發現的。既然如此，我就得選擇另一套戰法。

意思是，我只能採取「在贏得過的領域跟他較量」這個方法。

至於要在哪個領域較量——我早就心裡有數。

*

「哲彥，這次文化祭……我也要上場表演。」
隔天早上，我一進教室便告訴哲彥，而他眨了幾次眼睛以後就賊賊地笑了。
「其實，我一直在等你這麼說。」
「我知道。」
我打的盤算——就是這樣！
我會以演員的身分復出，博取注目，獲得比阿部更高的人氣！
於是怎麼樣！阿部為了讓我受到屈辱就不惜跟白草交往！以演員的身分輸我的話，想必他會更加屈辱！而且，我還打算擺出根本不在乎白草的臉！
於是事情會如何呢？被我占去優勢，又發現白草當不了武器，在告白祭出場摘下白草芳心也就失去意義了！這樣的話，阿部應該會想出卑鄙的策略來貶低我才對！
這正是我所求的！我要拆穿阿部的卑鄙策略，把他推落谷底！
如此一來，白草或許就會看清真相，投靠到我這邊……呵呵，但是太遲了！我已經變成紅人！白草就淪為被阿部操弄的丑角了！

我會瀟灑地甩掉白草，而且大受歡迎的我只要從眾多女生當中選一個最迷人的就行！很好，這才是最棒的報仇方式！

咯呵呵呵……當我在心裡竊笑時，哲彥把手肘擱到我的肩膀上。

「怎樣啦，末晴～你這是吃錯了什麼藥～～？」

「嗯……因為我有了一點想法。」

「我知道你是在妄想蠢事，不過既然有助於我，就這樣辦吧。」

「什麼叫妄想蠢事！我構思的策略可完美了！」

「誰教你就是笨……看在當兄弟的情誼，我倒可以聽聽你有什麼結論喔。」

「你到底多高估自己啊！……嘖，總之我就是想贏阿部學長，所以決定上場表演。完畢。」

哲彥頓時愣住，然後露出賊賊的微笑。

「……原來如此，我大概懂了。要贏阿部學長確實只有那個方法。」

「你懂得也太快了吧。」

「是你遲鈍罷了。」

「我有那麼遲鈍嗎？」

「到『該死』的地步。」

「居然不是說遲鈍得要死！」

「不，我就是要說你遲鈍到該死的地步，所以並沒有口誤。」

「這麼狠！你跟我真的是朋友嗎！」

我嘆了口氣，然後把手心朝向哲彥。

看起來像要求狗狗「握手」的手勢，但有點不同。這是叫他「把東西拿來」的手勢。

「怎樣啦，末晴？你有什麼東西要給我嗎？」

「反了。我們上舞台表演的劇本。演員從一個變成兩個，沒有配樂、沒有照明、沒有大小道具，但是照樣能演的劇本，你已經找好了吧？」

哲彥聳了聳肩。

「有是有，不過……」

「不過怎樣？」

「既然你想贏阿部學長，拿圖書館的劇本集來演就絕對不行啦。這點道理你也懂吧？」

「唔——」

我了解。上一次舞台就想比目前以專業演員身分活躍的阿部更受注目，近乎不可能——不，坦白講行不通。

我當然會盡全力，然而光靠演員的本領仍無濟於事。首先得製造話題，而且劇情本身要格外有趣，要足以讓到場觀劇的人滿意。這樣的話，憑圖書館收藏的劇本並不能成事。

並不是傳統的話劇不好。既然內容經典，反而可以說那是經過洗鍊的。

但難以討好觀眾。這很要命，欠缺噱頭及話題性。假如是話劇社公演倒還無妨，然而由兩個自願登台的男生演一般話劇也吸引不了人吧，再加上還有無照明、配樂的難處要克服。

「這樣一來，我倒覺得演搞笑劇會離達成目標比較接近。」

內容有趣就能討好觀眾，更重要的是簡單明瞭，要比阿部學長受注目應該也不是夢想。

「啊～原來如此，的確啦。可是呢，末晴，你會演搞笑劇嗎？劇本由誰來寫？基本上，你想演搞笑劇嗎？」

「不……」

「再說我也不是志在當諧星啊。」

哲彥早就替文化祭的舞台表演定了「要帥給人看」的題旨，所以演既正經又樸素的傳統話劇也行，倒不如說，好處就是可以展現「原來他也有這一面」的硬派風格。可是演搞笑劇的話，就跟哲彥的目標方向不符了。

我發出嘆息。

「劇本嗎～要能配合我們目前狀況的劇本對吧？」

還要足以讓阿部心服口服，又具話題性，極度討好觀眾，如此出色的劇本。

「寫得出這種好戲的人——」

這時候，白草進了教室。我不禁用目光追隨她，哲彥察覺以後也跟著用目光追隨。

於是我跟哲彥想到了同樣的主意。

「有耶。」

「就是啊，有耶。」

高中美女芥見獎作家可知白草——別說這所學校，找遍全國也難有比她會寫故事的人吧。話題性也無可挑剔。身邊居然有這麼適任的人選，完全成了我們的盲點。

「喂，末晴，你去跟她講一聲啦。」

我被哲彥用手肘頂了頂。

「為什麼要我啊，你去講嘛。」

受了情傷的人是我，還要我去跟構成原因的女生講話，好比在傷口上灑鹽。再怎麼用復仇心欺騙自己也難免會感到煎熬。

瞧不起我的哲彥用力嘆了口氣。

「末晴，我看你還不懂我有多被女生討厭吧？我會讓笨腦袋的你也能認清，等著瞧。」

被講成笨腦袋的我感到不服氣，但無奈也只能靜觀其變。

哲彥搭話的對象是碰巧待在黑板前的網球社女生宇賀麗奈。

「麗奈～～要不要跟我聊聊天？」
「去死啦！你這個渣男！」
好猛，才一秒鐘就被罵去死。
然而哲彥不會這樣就灰心。這次他把矛頭指向了黑羽。
「志田，下次妳要不要跟我出去玩？」
「哎喲～～！哲彥同學，你明明就不是真心的……這樣對女生很沒禮貌喔。」
不愧是黑羽，溫和的應對方式。她應該是這所學校裡少數會對哲彥好的女生。
最後哲彥搭話的對象，就是白草。
「欸，可知，讓我揉胸部好嗎？」
「──小心我讓你絕後喔。」
哲彥一副跩樣地朝我回過頭。
「看到沒？」
我一口氣吐槽了。
「看個大頭啦！我不知道該從哪裡吐槽起，但是隨口就敢對同班同學要求揉胸部的你心臟真夠強的！還有可知的吐槽也太恐怖！絕後是怎樣？人類要滅亡了嗎？」
「不對啦，她只是要讓我家沒有後代吧？」

「那也夠恐怖了！為什麼你被人那樣說還能一臉平靜啊！」

「我又不管我以外的人會變成怎樣。家裡有沒有後代我都不在乎。」

「你真的渣到讓人耳目一新耶。」

「所以嘍，末晴，這件事我拜託不了，得由你去。你跟她兩人獨處時交情還不錯吧？既然你不是騙人的，就去啦。」

唉，哲彥被嫌棄成這樣的話，應該只能由我去吧。

「可是啊——」

我不覺得自己能正視白草的臉。

被甩掉的男人多可悲。再怎麼怨恨對方，要直接講話仍會緊張，心裡也不免雀躍，一定會。

這又讓我感到屈辱，而且懊惱。

所以老實講，我不想跟白草交談，也不想讓她進入視野。

不過我有一個好奇的疑點。就是昨天阿部提過，他是「從白草口中聽說了我的事情」。白草知道我的童星時期，以往卻不曾提出來當成話題。我想問她關於這部分的事。

「你們從剛才就在聊什麼？哲彥同學害班上女生都情緒激動了耶。」

原本在旁邊跟朋友聊天的黑羽結束話題，湊到我們旁邊。

「情況是這樣啦——」

我對她說明了自己要以演員身分跟哲彥上台表演，卻沒有好的劇本，又難以開口向白草拜託代筆這件事。

「原來如此，是這麼一回事啊。」

「哲彥，由小黑去拜託會不會比我順利？」

「也是啦～～考慮到交涉能力的話確實是這樣～～」

「所以，小黑，能不能由妳現在去跟她拜託一聲？」

「——不要。」

思考時間零秒。即斷即決的回答。

「求妳通融一下——」

「——不要。絕對不要。」

「小黑～～」

黑羽露出冷淡的表情，一副事不關己的樣子回絕了。

老實說，她難得有這種反應。黑羽總是笑臉迎人，屬於跟誰都處得好的類型。連在女生眼中價值跟廢物相等的哲彥，黑羽都肯好好對待。

可是她居然會如此排斥……對了，記得黑羽之前有說過她討厭可知這個人。因為多少有開玩笑的調調，我就沒有想太多，沒想到嚴重成這樣……

「不說這些了，小晴！」

黑羽一舉把臉湊過來。

「之前，我有傳HOTLINE給你吧？內容是說今天會去你家接你，所以要等我。」

「咦？」

我拿手機確認，就發現確實有訊息傳來。

「啊～～抱歉，我沒注意到。」

「因為都沒有變成已讀，我就在想有可能是這樣……」

「真的抱歉！」

「今天是**我們開始交往後第一次上學**，所以我想跟你一起走的耶。」

霎時間，困惑的波濤蔓延開來，讓周圍的時間停止了零點一秒。

「…………咦？」

「…………啥？」

騷動聲此起彼落……聲浪逐步侵蝕班上。

「欸，妳講那麼大聲是要……！」

我跟黑羽在交往的事當然得廣傳給眾人知道，否則就無法對白草造成衝擊。

然而我以為放消息會再慎重一點，也要再侷限一些範圍。比方說設法只傳到白草耳裡，雖然我想不出有什麼方式。

沒跟黑羽商量好固然是我不對，可是她突然像這樣塞一顆震撼彈……照這個套路會掀起腥風血雨的啦！

「丸——同——學！」

「我們來玩吧——！」

看吧，有人來了。嫉妒到發狂的男同學一跟二。

嗯，我就說拿鋁棒出來會嚇到人，你們別這樣嘛。基本上，那玩意兒是藏在哪裡啊？這可不是開玩笑的耶。

「你們住手！」

黑羽立刻闖進我跟男同學之間，把我的手臂摟到懷裡。

胸部的柔軟觸感傳到手肘，我的嘴邊不禁笑容洋溢。隔著胸罩也能感受到這麼有料……連用言語來敘述都會覺得冒昧。棒透了。

「假如你們想對小晴做什麼，就由我來奉陪。」

「沒、沒有啦，志田同學！我們沒有要做會讓妳擔心的事情……」

「對對對！我們只是想讓志田同學擦亮眼睛……」

「我的眼睛可是雪亮的耶。」

對我來說很恐怖的嫉妒狂，碰上黑羽也變得跟嬰孩一樣了。

「這、這樣啊～～那太好了～～」

「不、不過妳與其跟姓丸的這種貨色在一起……」

「姓丸的怎樣？你剛才……是把小晴叫成『這種貨色』嗎？」

「沒、沒有，沒那回事！」

「喂，我、我們走啦！」

看見黑羽的臉色，原本打算接在同學一跟二後面的那些人就摸摸鼻子退縮了。

「有這種人隨時跟我說，小晴，大姊姊會保護你。」

「小黑～～」

黑羽大姊姊真的太可靠了。

哎，我有個好棒的青梅竹馬。這種可靠度，已經是老媽級的了。

如此心想的瞬間——我不寒而慄。

納悶怎麼回事的我望向周圍，就跟白草對上了目光。

她直到剛才都沉浸於早上的閱讀時間，現在卻不知為何看著我。

「噫……！」

該怎麼說呢，我腦海裡冒出了「鬼」這個字。魄力驚人，讓我想跪倒求饒的眼神。

仔細一看，白草原本讀的書掉到地上了。可是她卻瞪著我，一動也不動。

大概是白草身為知名小說家的關係，我曉得她相當珍惜書本，書上一定會包書套，書籤也是用很高級的貨色。然而她卻無意撿書……這可說是相當異常的舉動。

對此，我該怎麼解讀才好？莫非正如黑羽的策略——

『咦，我明明把他當備胎耶，該不會我才是被當備胎的人吧……？』

我可以看成白草有這種感受，還對她造成精神上的打擊嗎？

那應該說是策略成功吧。面對被白草甩掉的屈辱，我報了一箭之仇。

（但是……）

我有得逞的感覺，還覺得她活該。不過我的心裡滿是疙瘩。

現在，我內心對白草最強烈的情緒是：「蠢貨！」

她居然會被那個表面帥氣，內心卻對我充滿嫉妒的阿部騙，實在是——

『白痴！傻瓜！別因為對方長得帥就被騙啦！妳的眼睛是被蒙蔽了嗎！多培養看人的眼光！然後懊悔自己沒有發現我對妳的感情吧！』

我希望像這樣對她說教個一小時。

不過我也曉得阿部那種等級的開外掛帥哥要是和顏悅色地認真追求，女生要抗拒是很難的。

比方說，鄰居有個當模特兒的大姊，以往明明只是交情還算不錯，卻突然向我猛烈告白——

假設發生了這種事情，我自己就沒有信心能抗拒。

這麼一想，白草多少是情有可原，我沒辦法不假思索就認為「她活該」。

當我懷著複雜的心情時，哲彥拍了我的肩膀。

「因此，末晴，劇本的事要麻煩你去拜託可知嘍。」

「難道你沒發現她剛才用看待垃圾的眼神瞪我嗎？」

「混帳。我又不是你，我怎麼可能沒發現啊？我就是發現了還叫你過去，畢竟你也許會落得慘兮兮，這樣不是超好玩嗎？」

「你太猛了，哲彥，差勁到讓人覺得猛。」

「我懂我懂。我自己就知道了，反正你去一趟啦。」

哲彥從背後硬推，還引導我到白草的座位附近。

要讓阿部輸得心服口服，必須有足以把阿部的人氣搶過來的好劇本。既然如此，拜託白草是最妥當的。總之只能試著挑戰看看了……

「我說啊，可知——」

「——有何貴幹？」

「噫——！」

啊，這下糟糕了。

她的心情跟哲彥搭話時一樣處於最低點……不，反而更惡化了吧。

好恨自己笨到不慎闖了這種鬼門關，宛如主動衝進飢腸轆轆的狼群裡頭。

我含淚回過頭，向哲彥打暗號求救。於是哲彥比了要我冷靜的手勢表示安撫。

我點頭，並且做了深呼吸。然後當我等著下一步指示時，哲彥就猛然睜大眼睛，擺出念佛誦經的動作。

……唔，念佛？

「——丸同學。」

「咦？」

「你來找我講話還轉身背對我，不覺得沒禮貌嗎？」

啊～～不行。澈底惹她生氣了。

而且白草說的話有理有據，完全是我錯。

「總之包含各方面零零總總的事在內，請讓我向妳致歉————！」

這種時候不能猶豫，憑條件反射下跪就對了。

旁人在嘀咕：「那個呆子又下跪了……」但無所謂。目前重要的是盡可能討白草歡心。

白草沒有出聲，因此我往上瞟了一眼。被高筒過膝襪包覆的大腿既苗條又有肉感，短裙底下的風光也差點被我看見，但現在看那邊的話就得不償失了，我克制地把目光往上抬。

不知道為什麼——白草在害臊。

「奇怪……？」

漆黑氣場完全解除了。我可沒有用光之珠（註：《勇者鬥惡龍3》當中用來解除魔王氣場的道具）喔。

「你說包含各方面，該不會……」

白草咕噥了一句。

正當我想問她是指什麼的時候——

「……咳，沒事。」

白草就把自己關進殼裡了。

「總之你有事情就說來聽聽，我又不是閒著。」

……咦，奇怪耶，帶刺的態度全消失了。我做了什麼這麼有效果？

「好的，我跟妳說，其實呢……」

儘管存有疑問，總不能放過這個機會。我避談阿部的事情，向白草表示自己會跟哲彥兩個人演話劇，所以正在找有趣的劇本，還希望能炒熱舞台氣氛，因此務必要請她幫忙。

白草在聽我講話的期間，眉毛一動也不動，依舊展現出冰山美人的風範。於是當我講完後，她便盯著我的眼睛說：

「自己成名以後，忽然被人拱出來要求做些什麼會滿困擾的對吧？」

所言甚是。

像我也是在當童星成名以後就會被完全不認識的人叫住，還要求：「秀幾句台詞嘛。」或者問：「藝人〇〇現在怎麼樣了？」假如是朋友要求也就罷了，然而聽曾經看扁自己的人見風轉舵講出那些話時，是會讓人打從心底發火的。

「這麼說也對……抱歉，是我們亂提要求。」

我轉過身，洩氣地準備回座位，白草就朝著我的背說：

「不過呢，對於有意挑戰的人，我會希望給予聲援，也覺得可以幫這個忙。」

「咦……？」

她這麼說，難不成代表肯幫我們寫劇本的意思？當真？

「丸同學要演對不對？」

白草這麼確認，我為之心驚。

我有說過要演，但是能不能演好……我還沒有自信。

「我姑且是這麼打算。」

「……姑且？」

「不！我要演我要演！我絕對會演！」

白草這般凜然的美少女擺出「喂，話講清楚行不行？懂嗎？」這樣的表情，我只能說自己要演了啊！

白草默默地觀察我的動靜，似乎是在確認我有多認真。

「……這樣的話，我可以考慮考慮寫劇本這件事。」

「真的嗎！」

「視報酬而定。」

「唔——」

哲彥說這種台詞的話我就會幹掉他，然而白草是職業作家，她夠資格開口。

「我、我會盡量設法，拜託妳通融——」

白草感覺一副無奈的樣子放鬆肩膀。

「我們交換HOTLINE帳號吧。畢竟還是要仔細問問，才曉得寫什麼樣的劇本好。」

「咦，可以嗎……？」

「是我在問你耶。」

等、等一下！「這個人可是可知白草」！

高中美女芥見獎作家！長相漂亮到可以拍寫真登上雜誌！然而卻討厭男生！甩掉的男生不計其數！

而她居然在問我的HOTLINE帳號……咦？會有這種事？這是現實？

實際上，全班正被喧鬧聲所籠罩，吵雜程度跟黑羽剛才的交往宣言相同——不，更上一層。

白草向男生問HOTLINE帳號就是這麼不合常理的事。

我稍稍回頭，便發現連之前一直當作看好戲的哲彥都目瞪口呆了。

（怎麼樣，哲彥？看到沒有？我跟她真的交情不錯吧？體認到了嗎？）

當我沉浸於優越感時，黑羽從旁觀望的冷冷眼神就跑進了視野。

（啊，我想到了。既然跟黑羽交往這件事已經當眾公開，就要用冷到底的態度應對才行。）

我拚命收斂似乎一鬆懈就會笑容洋溢的嘴巴，並且遞出手機。

「那麼，我會盡快把想好的設定和故事情節一併傳給妳。」

「嗯，我要當參考。」

糟、糟糕，坦白講我樂翻了……

白草跟阿部正在交往，可是我光以朋友身分和她接近一步就忍不住笑逐顏開。

唔，這就是所謂先愛的先輸嗎——我真沒用。

交換完帳號的同時，早上的上課鐘響了。

「好了啦，小晴，回座位去。」

黑羽的心情莫名惡劣。明明用講的就夠了，她還擰我的耳朵。

「我知道啦！好痛，小黑！放過我的耳朵！」

「好好好，那你動作要快啊～～」

那時候，我因為痛就沒有察覺。

有短短一瞬間，黑羽跟白草用恐怖的眼神互瞪對方。

*

「唉～～怎麼辦好呢～～」

將紅蘿蔔、馬鈴薯切成小塊以便入口，牛肉則切成較大的四方形。

肉放下去煎，變色後就先起鍋，然後直接用剩下的油來炒蔬菜。接著把肉跟蔬菜放到一塊，加水燉煮，不過我們家的做法還要加雞湯跟咖啡。再來就是撈掉雜質，把咖哩塊煮到融化便完成一鍋咖哩。

「不對，不是這樣……」

晚餐時間。跟平常一樣煮咖哩的我在手機和鍋子前來回了好幾趟。

擬出文案以後，又回去做菜，念頭一轉還是決定換個說詞，重新輸入文字。這套過程我已經重複了四次。

「雖然要說的事情早就確定了……」

把我跟哲彥要演的雙人劇構想告訴對方，再詢問報酬大概要多少就好，並不是什麼大不了的內容。

然而對方是可知白草就另當別論了。

初戀對象。不，「曾經的初戀」對象？還是「初戀中的」對象……？

唉，我都搞不清楚了。光是想起她的臉就覺得難受，而且火大，明明怨恨對方，卻老是把她放在心上。坦白講，我的心都飛了。

這跟寫郵件給哲彥可不同。和以往偶爾聊個天就讓我掏空心思的心儀女生交換了聯絡方式，甚至還有事要麻煩她……對前陣子的我來說，簡直是夢一般的情景。

我重讀整理好細節的文章，再一口氣刪掉。

細節有整理清楚，可是太長了。這樣白草回覆以後，聯絡就到此結束，雙方互動會在一次的訊息往返間告終。

所以——

我刻意不寫任何細節——

『現在方便打擾嗎？我想討論關於劇本的事情，不知道妳有沒有空。』

我只輸入了這些。接著我準備點擊傳送鍵——又煩惱了五分鐘是否要重寫——結果就點下去了。

「噗哈……」

我大大地吐了口氣。

光是寫一封郵件就累成這樣。唉～～有女朋友的人實在太強了。不過哲彥是爛人，所以唯獨他要剔除在外。

就在這時候，門鈴響了。

「小晴～～我要進去嘍～～」

由於平常都這樣，所以我只應了一聲：「噢～～」

穿熱褲的黑羽進客廳後，用鼻子嗅了嗅。

「啊～～又煮咖哩？」

「妳不喜歡嗎？」

「沒有。我喜歡小晴煮的咖哩，感覺能讓人安心。」

「這樣喔。」

「不過我來的日子，你總是煮咖哩吧？因此我在家裡都要拜託媽媽別煮咖哩耶。幾個妹妹對這件事抱怨可多了，所以你下次記得替我道歉喔。」

黑羽一個星期會來我家一次。

我爸爸原本是替身演員，媽媽則是不紅的女演員。他們倆在拍戲現場認識後結婚，便生下了我。

然而我媽媽在拍戲現場發生意外身亡，爸爸就稍微換了工作。雖然他依舊在當替身，卻變成重現交通事故的替身演員，在全國學校巡迴宣導。

爸爸做的工作對於認識交通事故的危險性大有助益，極度受到好評，全國都爭相邀請。後來他變成頂多每兩週才能在週末回來一趟。

黑羽她爸爸出面幫了我們家，他跟我爸爸是童年玩伴。我們家跟黑羽家原本就有來往，伯父還說我隨時可以過去吃飯，如今我每週仍有兩三天會在晚餐時間上門打擾。

另外，因為我們家差點要堆成垃圾山，黑羽就開始每週過來探望一次，而當天我都會親自下廚招待她。

不過暑假期間我爸爸的工作會變少，人都一直在家，因此黑羽的來訪就跟著停了。有時候我爸爸也會去黑羽他們家，但是我在被黑羽告白後就沒有臉見她，所以都會另外找事忙而沒有過去拜訪。

因為這樣，離黑羽上次來家裡其實已經隔了約一個月。

「啊～～是喔，那妳下次可以帶她們來嘛，我會多煮些咖哩招待。相對地，她們要幫我打掃，就這麼辦吧。」

「那倒是可以，但你偶爾要不要做其他菜色？」

「嗯，妳這樣說也對。可是，我不太擅長查書或是網路上的食譜做菜耶。這麼說吧，我比較擅長看別人下廚再跟著學起來。」

「不然就由我——」

「……千萬不要。」

我用誠摯的眼神告訴黑羽。

「拜託妳，千萬別下廚——」

學校那些人都不曉得，被認為外貌、學力、體能、社交性齊備的黑羽也有一大弱點。

那就是廚　藝　爛　到　炸。

煮飯難吃的人可以分為不看食譜派、不試味道派、愛搞自創派，或者以上幾種的綜合版，因素五花八門。

而黑羽的原因在當中問題最大——她有「味覺異於常人」這項致命缺陷，這是沒辦法靠努力彌補的。畢竟黑羽下廚時總是很認真，既不會忽略食譜，也不會忘記試味道。只是她照著食譜做會不合胃口，因此當她逐步調整成自己的口味以後，東西就會變難吃到爆炸。

「唔～～何必這麼說嘛。雖然我本身是有一點不擅長做料理，可是被你說成那樣，總覺得好不甘心……」

那不叫「有一點」吧！差點吼出來的我噤聲不語。

黑羽的舌頭來自宇宙，不能用地球上的標準來衡量。

我每次都在黑羽來的時候煮咖哩，也是因為以她的舌頭當標準，我煮的菜只有這一道能超過五十分，自然就餐餐吃咖哩了。其實我還懂得做其他菜色，黑羽卻不太能下嚥，到時候她吃不飽就會想自己多做幾道菜，所以我也別無選擇。

「或許上天是平等的，至少祂會試著在某方面讓人取得平衡……」

「小晴，你為什麼要看我？我覺得自己被你說了很沒禮貌的話耶。」

「好啦好啦，別介意。重要的是，平時對妳真不好意思。不，該說謝謝妳才對嗎？」

黑羽一進客廳就把肩背包扔到沙發上，然後穿戴上圍裙跟工作手套。當我們開始對話的時候，她已經在把客廳散亂的垃圾做分類，並把垃圾往自己帶來的垃圾袋裡塞了。

「小晴，感覺你好坦白耶。」

「呃，怎麼說呢……因為隔了一段空檔，我實際體會到自己是有妳幫忙才得救的……」

放暑假的期間爸爸也在家，而且不用上學我就有時間，打掃家裡當然是由爸爸跟我兩個人來做。我本身挺喜歡下廚，要打掃卻會嫌麻煩而排斥，所以黑羽的寶貴讓我刻骨銘心。

「何況我覺得跟妳講話很輕鬆。」

我寄一封郵件給白草就費了好大工夫。

若是寄郵件給白早，我就會想東想西，比如要對她充門面，思考怎麼樣才能勾起她的興趣，猶豫要不要向她打聽阿部的事之類。

然而我對黑羽什麼都能講，因為那是我打從心裡的想法——

「一直以來謝謝妳嘍。」

感謝也能坦率地說出口。

黑羽臉紅，還鼓起嘴。

「哎喲～～！就算你這樣捧我，也拗不到什麼啦。」

黑羽的「哎喲～～！」出現了。黑羽的「哎喲～～！」帶有「真拿你沒辦法」的語感，表現得好像在生氣的她，在真正生氣時絕對不會這麼說。黑羽是在內心有所不滿卻已經原諒對方的時候，還有像這次口頭上怪罪對方，實際上卻是在掩飾害臊的時候，才會用這句口頭禪。目前她看起來也是喜形於色，儘管眉頭蹙在一起，嘴巴卻笑得闔不攏。

「好了啦，有空拍馬屁的話，你就去拿吸塵器過來。快點。」

「了解。」

我拿起了預先準備在客廳角落的吸塵器，並且遞給黑羽。

於是，就在這時候——手機響了。

我隨手將手機掏出口袋，確認是誰來電。

「嗯————！？！？」

假的吧，這太不合常理了……

——可知白草。她居然會打電話過來。

我不由得觀察了黑羽的動靜。

「？怎麼了？你不接嗎？」

「啊～～哲彥那傢伙，明明說好清單由我這邊負責寄的。」

這樣回答感覺有搪塞的味道，但是話已出口就只能裝到底了。

「你說什麼清單？」

「跟表演的劇本有關啦。我回房間一下，跟他邊講邊列清單。」

「……哦～～」

「抱歉。咖哩接下來只要慢煮就能完成，麻煩妳顧著別讓湯汁溢出來。」

「嗯，可以是可以啦……」

手機在這段期間仍不停地響。冷汗從全身冒出，明明是夏天卻讓我有寒意。

我帶著拚命裝出來的笑容朝黑羽揮手，並且離開客廳。

接著我全力猛衝。跑上二樓以後，我趕到自己房間鎖上門，然後按了通話鍵。

「——喂，妳好。」

呼吸，穩住！猛跳的心臟，給我安分！

冷靜下來。我要冷靜下來。只要冷靜應對，世上應該就沒有什麼好怕的。

『我是可知，謝謝你寄的郵件。』

「不會不會，那沒什麼需要答謝啦！」

『我覺得直接談會比回信快就打電話了……現在方便嗎？』

「方便啊，當然方便！我正好在家裡休息！」

『是嗎？那就好。』

就我們倆單獨講話時，白草果真都好聲好氣。在教室的冷漠不見了，甚至讓我感到親切。只聽這種說話的語氣，我會覺得她哪有什麼討厭男生的要素。

（這樣聽起來，我果然還是有機會的吧……？）

畢竟聲稱「男生最好絕種」的她對我這麼溫柔耶。之前聽她說跟阿部在交往，是不是我鬧了什麼誤會……？

糟糕，想到自己似乎還可以指望，總覺得就忽然緊張了。

「沒、沒想到妳會打電話給我。」

『雖然我還沒決定是否寫劇本，但是我對內容……應該說對你的構想感到好奇，就想早點問清楚。』

在白草看來，我們要演的話劇根本像玩票性質吧。然而她卻專程來電……要做就不會馬虎的態度，這正是職業人士。我覺得她這種氣節實在有魅力。

「那、那麼，事不宜遲，我跟哲彥在午休時談妥的部分是——」

「小晴～～我先把吸塵器放這裡喔～～」

「噗！」

我不由得噴出聲。

呃，黑羽並沒有錯就是了……但也太不湊巧了！

『…………』

怎麼回事？明明可知一句話都沒說，我卻覺得好像有冷風從手機裡吹出來造成寒意。

「小晴～～？你有聽見嗎～～？我們什麼時候要開飯～～？」

「唔呼！」

好難受……心悸感猛烈來襲，我連呼吸都覺得不順……明明開了冷氣，汗卻止不住……

『……哦～～原來是這麼一回事。』

總算從手機發出的講話聲帶有匹敵暴風雪的寒冽與尖銳。

「不是的！妳等一下！可知，妳誤會了！」

『……你說的誤會，不曉得是指什麼？我想仔細聽你談一談呢。』

她勉強忍住沒發飆。這時候我該毅然回話才對。

「我跟小黑是青梅竹馬，彼此的父母也是好朋友。現在我幾乎都是一個人生活，所以說，她每週會來幫忙打掃一次──」

『……所以這是你們開始交往後第一次在家約會，叫我別打擾的意思嗎？』

啊～～對喔！是可以這樣解讀沒錯！啊哈哈，現在我該怎麼辦……

「不、不是的！拜託妳，聽我解釋！事情不是那樣！我、我是因為──」

『……呵呵呵！』

……奇怪，是幻聽嗎？我終於被壓力搞得腦袋出問題了？畢竟剛才我好像聽到手機另一頭傳來笑聲──

『呵呵呵，對不起喔。因為你好有趣，我才會稍微惡作劇。』

「……咦？」

『我之前就知道你跟志田同學的關係了，何必慌成那樣……呵呵！』

白草在笑。光是這樣，我的心就快飛上天了。

此時，那張冷漠的臉龐有了笑容。光想像我就有股衝動，想吶喊到處跑。

「可、可知，妳很過分耶……原來妳是這樣的人啊……」

『你不曉得？』

「說起來，妳在班上一貫討厭男生，基本上又都酷酷的……」

『全都是你害的啊。』

「……咦？啥？我害的？妳怎麼會這麼說？」

『因為——』

敲門聲響起，隔著門板傳來聲音。

「小晴～～！我要開始洗衣服了，你講完電話就下樓吧～～」

黑羽一步步踏出聲音，從樓梯走下去。

唔喔喔喔，小黑，妳果然都這樣，插嘴時機太不湊巧了啦……！

心跳速率加倍。不知道白草會怎麼說，我提心吊膽地等著她開口。

於是白草若無其事地說道：

『感覺繼續談下去還是會受到干擾，要不然，明天放學後我們兩個再慢慢聊如何？』

「……咦？」

『不行嗎？你有規劃了？』

「沒有是沒有……不過可以嗎？」

『我可以啊。』

……這是怎樣……這是怎樣……這是怎樣！

原本我以為自己被甩掉了，跟她的距離卻一舉拉近了耶！

「我當然也ＯＫ啦！」

『那麼，我會先占好圖書預備室的位子。我跟圖書室老師有交情，所以想好好談事情時都會跟老師借地方用。』

我對白草說的話高興到一半——腦袋隨即冷靜下來。

她說想好好談事情時就會借圖書準備室的地方用。意思是，以往她有過好幾次「想跟人好好談事情」的時候。

問題在於，白草想好好談事情的對象是誰？如果沒有將心思放在這一點，或許我就可以保有幸福的心境。

畢竟稍微想像就曉得答案只有一個。跟白草講話的對象——正常來想，應該是她的現任男朋友阿部。

阿部和白草都是名人，因此需要在沒有他人耳目的地方占位子吧。

（……可惡，我這個人真是的。）

多麼單純而愚蠢。喜歡的女生對自己親切一點，心就立刻飛上天了。

沒錯，即使我們聊得再開心，白草跟阿部依然在交往。要說的話，我就是打發時間的對象。

白草優先的事情是跟阿部交往還有寫小說，我不過是分到她閒暇的時間而已。

『希望放進劇本的情節或者主題，你先用郵件寄過來。順利的話，我可以在明天討論前就先擬出大綱。』

親切悅耳的聲音揪緊我的心。

白草會提出許多積極的意見，無疑是對我懷有善意的證據。

因此才令我痛苦。

為什麼我沒能得到她——如此的情緒源源湧上。

「……這樣好嗎？妳的小說呢？」

『現在進展到讓編輯過目的階段了，所以我剛好有空。』

再繼續跟她談會有點難受，所以我順勢把話題收尾。

「那太好了。掰，明天見。」

『咦？啊……好的，明天見。』

電話掛斷了。

我望著發抖的手。跟她講話，心裡到現在還留有熱度。

我搖頭甩開餘韻，並且離開自己的房間。

「啊，小晴！你這件襯衫有沾到咖啡……」

剛離開就跟黑羽碰個正著。

我打算對她笑，她卻一看見我就變得面無血色，當場擱下要洗的衣服。

「唔，你怎麼了？」

「什麼叫我怎麼了？」

「小晴，你的臉色好可怕。」

現在我的情緒亂成了一團。

興奮和嫉妒。兩者在翻攪打轉，讓我陷入混亂。而黑羽似乎看穿了這一點。

「小黑，真的都瞞不過妳耶。」

「是你太好懂啊。咖哩就快煮好了，我們開飯吧。」

「……好。」

黑羽散發的氣息讓我十分寬慰。吃咖哩這段期間，我講了自己跟白草通電話的事。雖然剛才我一急就謊稱電話是哲彥打來的……黑羽仍用真心聽我講這段起頭並不光彩的事情。

飯後，我動手做自己負責的洗碗工作，其間黑羽就把烘衣機烘乾的衣服拿來客廳。我洗好碗，從冰箱拿了冰遞給她，她便暫且停下摺衣服的手並坐上沙發。

「聽你講完以後，我試著想了很多。」

「噢。」

我啃起蘇打冰棒，黑羽在旁邊則是舔著紅豆口味的冰棒。

「可知同學會突然跟你接近，是不是有些不自然？」

「不自然？」

「事到如今……應該說，她這樣有幾個疑點讓人不太能理解，基本上呢，我信不過可知同學這個人。」

信不過——黑羽如此置評。我還以為自己會被點破眷戀太深或什麼的，這話倒是出乎意料。

「畢竟妳有講過妳討厭可知嘛。話說，她是哪裡讓妳信不過？」

「你想想看嘛，你是想踐給阿部學長看才參加活動的吧？」

「踐給他看……唉，話是這麼說沒錯。」

「然後呢，進一步追溯原因的話，是因為可知同學被阿部學長搶走了。你卻求助於可知同學，說起來是不是有本末倒置的感覺？」

「啊～～對喔，是這樣沒錯……」

「可知同學會不會在背後串通阿部學長，還設了圈套準備要用怪招陷害你啊？」

原來如此……大概是我的腦袋有意否定他們倆的關係，就不太願意思考這種可能性。

「既然那兩個人是情侶，把可知同學視為跟阿部學長有勾結才自然吧？這麼一來，她很可能會暗中袒護阿部學長。假如是這樣，可知同學忽然肯打電話來商量，你覺得像不像是阿部學長設的陷阱？」

「唔！確實超有機會發生這種事。」

我聽得抱頭苦惱。

「小晴，阿部學長特地翻出了你的往事對不對？那表示他對你相當執著喔。既然如此，對方會進而用可知同學當誘餌來陷害你就是十分合乎情理的。如果是這樣，小晴你就變成中了計還歡天喜地的丑角喔。」

「嘎啊啊啊啊啊啊啊啊啊啊啊啊啊啊啊啊！」

我一拳捶在客廳的地板上。

「居然敢踐踏男人的純情～～～～！他們有罪啦～～～～！我要報仇～～～～～～～～！」

「好了，你停下來————！」

黑羽用雙手做了安撫野馬情緒的動作。

「小晴，我們先把事情倒回開頭。你的想法到『要讓阿部學長心服口服』為止都是妥當的，我也理解只有靠演技才能贏過他這一點，可是……」

「可是？」

「基本上，你能演嗎？」

我為之窒息。

黑羽是青梅竹馬，她曉得我至今遭遇的一切。

沒錯，包括我以往的榮耀，以及後來淪落的慘狀。

「我的想法是這樣。」

黑羽拿出客廳桌子底下隨時備有的廣告單，然後動筆在背面寫了起來。

「首先，我覺得有必要確認你是否能演。所以明天放學後，你在跟可知同學見面以前，先和哲彥同學一起來體育館。演什麼都可以，你試著在舞台上表演看看。」

「……嗯，也是……我明白了。」

「只是呢——」

黑羽轉了轉食指，把帶有弧度的栗色頭髮捲到指頭上。

「老實說，我覺得你不要演戲比較好。假設你能演，也還是隔了一大段的空窗期耶。我認為也會有很多人拿你的過去來比較並說閒話。即使如此，你仍然要演嗎？」

哲彥想讓我演戲，白草恐怕也是。但唯獨黑羽有意阻止我，因為她打從心裡為我擔憂。

「謝謝妳嘍，小黑。不過我心裡也隱約有個念頭，覺得自己起碼要再挑戰一次才行。」

就某方面而言，我認為這次的事是個好的契機。

我一直在想，自己是不是還能演？也許要復出已經晚了，但是就這樣什麼都不做的話，似乎會後悔終生——我打算挑戰看看。

「……是嗎？」

「也許行不通就是了。」

黑羽一邊捲頭髮一邊害羞似的別開視線。

「萬一行不通……」

「嗯？」

「你的價值又不是只有演戲，再說……我還是喜歡你。」

「噗！」

我忍不住把冰噴出去。由於是整塊噴出去，我連忙用面紙把掉在地板上的冰包好撿起來。

「小晴，你在害羞啊～～好可愛～～」

「欸，妳的臉有夠紅耶。」

說我在害羞的人自己最害羞吧！我看了都替她覺得不好意思！

「咦～～並沒有啊～～小晴，你自己害羞還賴給我——」

「來，照鏡子。」

鏡子亮出來以後，黑羽便察覺到自己是什麼樣的臉——羞恥心似乎被點燃了，原本就已經紅通通的臉一路紅到耳朵，讓她把臉埋到自己腿上。

「羞、羞死了……」

「嗯嗯～～？剛才說我好可愛，還語帶挑逗的人是誰啊～～？」

平時都是我在承受言語攻勢，因此我試著反擊。於是黑羽慌得嚇了我一跳。
「別、別說了，小晴～～！我、我真的會覺得不好意思！原、原諒我～～！」
「怎麼啦，平常妳在這種時候都會說：『居然戲弄大姊姊，不原諒你喲☆』才對吧？」
「或、或許是這樣沒錯……可是，我真的不懂得應付你的反擊……」
「什麼話啊？」
「我挑逗你沒關係！但是你不可以逗我！」
「多方便的說詞啊……那麼——」
以往我被黑羽戲弄得夠多了，然而現在不同！這是我反擊的大好機會！
我用手指頭輕輕滑過黑羽的背。
「呀啊！」
怕癢的黑羽抬起原本埋在腿上的臉。我抓準那一瞬間，伸出手端起她的下巴。
「這樣妳覺得如何？」
裝模作樣的舉動連我都感到不好意思。做了以後我才發覺在床上回想到這件事是會讓人害羞得死去活來的。
於是黑羽骨碌碌地轉著眼睛，仍顯混亂地對我回嘴。
「哼！來啊，小晴，你是要……親我對吧？」

「唔！小黑……妳說這什麼話啊！」

看來黑羽突破羞恥心以後，就把所有防禦力轉換成了攻擊力。捨身一搏的攻擊——正是因為這樣才具有摧毀我的理性的破壞力。

「呵呵，我已經豁出去了喔。你敢戲弄我，我就要變本加厲。但是你有勇氣那麼做嗎？」

「……假如我說有呢？」

「…………………………………………………………我會很高興。」

糟了啦～～！這樣下去，事情就糟了個大糕啦！

「還有呢，小晴，我想你也明白，目前這個家裡就只有我們，而我即使晚歸也沒有人會覺得奇怪。」

「嘎啊啊啊啊啊啊！小黑！不要斷我後路！」

「斷了又有什麼關係呢？你有意見？」

羞澀到極點的黑羽骨碌碌地轉著眼睛朝我逼近。

這、這女的居然不惜冒自爆的風險也要迷死我！

「妳打算迷死我嗎！」

「當然了。小晴，跟你告白以後，我就卸下了自制的螺絲。」

唔哇，不妙耶，我快淪陷了。我快被小黑攻陷了。

（……難道淪陷就不可以嗎？）

我聽見了內心的聲音。

白草變成別人的了，那就不能再期待她了。

我一度拒絕黑羽的告白，她卻願意等我。她肯接納我，那乾脆別思考這樣做失不失禮，讓身體坦然地順從內心的衝動不就好了嗎……？

正當我這麼想的時候。

——咚～

HOTLINE收到郵件的音效。

有意抵抗被對方牽著走的理性應該勉強還留著。我在無心之間拿起手機，一看來信者就發現是白草。

『我想你或許在猶豫該怎麼表達，我把想要的資訊列成了清單，請你參考。』

我在約一個小時前才跟白草通過電話，然而這能看出她替我設想了許多事情。

光從字面所見，白草似乎是誠懇地在對待我。即使如此，果真還是有阿部在牽線嗎？

黑羽從我背後探頭看了郵件。

「小晴，我認為你明天不要跟可知同學單獨碰面會比較好耶。」

「……呃，都已經約好了，總之明天我會去見她。」

「…………那麼，你至少要有戒心喔，不可以直接相信她說的話，隨時都要想著有阿部學長在她背後。」

嗯，我想也是。黑羽肯定是對的。我無法做出客觀的判斷，在這種時候就要乖乖採納黑羽的意見。

「我明白了。謝謝妳替我擔心。」

「不會。」

不知不覺間，持續到剛才的桃色氣息已經消失。

黑羽整理好摺完的衣服，站了起來。

「妳要去哪？」

「洗手間。」

黑羽連臉都不讓我看見，就這樣消失在門的另一邊。

「可知，白草——」

好似要避免被我聽見的聲音。

那是她的埋怨之語。

＊

隔天放學後，我跟哲彥一起站上了體育館的舞台。

跟白草約在圖書準備室見面是四點半。目前四點整，因此接下來有二十分鐘，為了測試黑羽提議的「我是否能演」，我們準備做簡單的演技練習。

體育館裡有籃球社、排球社、桌球社及羽球社開始練習。社團活動似乎才剛開始，練習的項目是以體能和基礎訓練為主。

在沒有話劇社的穗積野高中，舞台上一向都空著，就算我們只是同好會也能輕鬆占到場地。

「啊、欸、噫、唔、欸、喔、啊、喔。」

我跟哲彥試著做了一下發聲練習，超多人在看。我知道大家看了覺得很陌生，但是被猛盯著難免會不好意思。

我稍微安了心。練習中，我並沒有什麼失誤。隸屬羽球社的黑羽也一邊跑步一邊從旁觀察我，然而她似乎是放心了。

「喂，末晴，你看那裡……」

「嗯？」

哲彥的視線前方。待在那裡的人是——白草和阿部。他們倆走進體育館後，一直站在入口附近望著這裡，以免打擾到社團練習。

「那兩個人似乎是來看我們的。」

學校裡若有名人排行榜，他們倆就會輕鬆摘下第一和第二名。而那兩個人站得很近，雖然沒有牽手，仍可稱為情侶間的距離。由於那兩個人之前在學校裡至少連互相交談的模樣都沒有讓人看見，這一幕堪稱震撼。光是如此，原本從事社團活動的學生當中就有不少人停下腳步，還在尖聲叫嚷以後講起悄悄話。

「嘖……」

我不禁咂嘴。

或許這是我聊勝於無的反抗。他們倆站在一塊的畫面比想樣中更讓我受刺激。

撞見幽靈大概就是這種心境吧。

——目睹了希望不存在的事物。

如此的心境。但是目睹了便只好相信。

「哲彥，用來對戲的劇本，你有準備吧？我們試一下。」

「行嗎？之前說過今天只是先簡單做個練習和適應觀眾目光吧？」

「行啦。我們來試。」

我感到懊惱、難受，而且火大。總之，我現在就是得做些什麼。
拿起劇本過目時，我必定會興奮得像要啟程前往新世界。好懷念，睽違六年的感受——然而我現在卻因為血氣衝上腦袋，理不出頭緒。
哲彥看向劇本，一邊唸起台詞。
「『安東尼奧身上有一磅的肉歸你。法律對此允許，法庭對此贊同。你大可從他的胸膛取肉。因為法律對此允許，法庭對此贊同。』」
哲彥不愧是平時就在騙女生，演戲有模有樣。坦白講，我認為他有天分。或許水準不及職業演員，但經過鍛鍊應該就足以入行。
接下來，輪到我說「噢，明理公正的法官大人！」這句台詞。
我切換心中的開關。連最後一次切換是什麼時候都不記得了，這是我用於工作的開關。
開關一切，我就會變成其他人。如果用小時候的印象來形容，那就是「變身」。好比主角可以從人類變身為英雄，我也可以從凡人變身為故事裡的角色。
然而——
「噢，明、明理公……正……」
奇怪。止不住顫抖。喉嚨好乾，想發出聲音似乎就會讓胃抽筋。
那些做社團活動的人感到不對勁，便看著我竊竊私語。

光、視線及舞台。溫暖……還有，死亡。

萬般情緒如怒濤般湧出，我體會到自己逐漸失去血色。

「唔——！」

噁心感竄上。

我不由得單膝跪地。

「小晴……！」

黑羽離開練習的場地趕了過來。

「喂，末晴！沒辦法，肩膀借你撐啦！來，我們去保健室！」

「好……」

我想借哲彥的肩膀而伸出手——力氣就沒了。

倒在體育館地板上的那一瞬間，我好像有聽見黑羽的尖叫聲。然而在明確認知到以前，我已經失去了意識。

其之三　寶箱與道具盒

＊

我爸爸是替身演員，媽媽是不紅的女演員。

起初爸爸志在當演員而加入了劇團，才華卻始終沒有萌芽，透過劇團介紹的替身工作還比較受人肯定，不知不覺就變成專職的替身了。

媽媽的相貌固然算是端正，身為女演員卻被評成缺乏吸睛的風采。結果在舞台還有電視上都把握不到她想要的大角色，就此結婚，然後生了我。

媽媽深愛演戲。她深愛舞台、深愛電視、深愛故事。

我會加入劇團便是出於媽媽的期望，而我絲毫不覺得有異就出道當了童星。

我並不討厭當童星。大家都會誇獎我，站在觀眾和鏡頭前也讓我雀躍。

不過最令我高興的一點是，媽媽會開心。

『晴晴，演得好。你好棒喔，感覺實在不像我的小孩呢。』

我被這麼說的媽媽摟進懷裡，就高興得彷彿任何角色都可以演好。而且我越來越受歡迎，還在不知不覺中成了名人。

於是想找我演戲的製作人為了說動有權決定我接不接工作的媽媽，就使出了一計。

『聽說您也有當演員的經驗，不嫌棄的話，是否能請您一同參演呢？戲裡有替末晴小弟安排母親的角色，不知您意下如何？』

故事以我為主角，母親的角色在第一集會因為交通事故而喪生。說穿了，這個母親角色就是跑龍套的。然而藉著這個機會，媽媽便得以一圓在晚間九點連續劇演出的期盼了。

我媽媽喜不自勝。

所以——任誰都會覺得——這是她賣力呈現的演技——

「媽……媽……？」

喊卡的聲音出現，媽媽還是沒有睜開眼睛。即使搖晃她，即使叫她也一樣不醒……後來——媽媽就永遠沒有再睜開眼睛了。

死因是頭部遭受撞擊。警方進行過勘驗，安全方面有做好完善措施，主要是因為媽媽演得太不保留才導致頭部遭受撞擊。

媽媽在拍戲過程中因事故死亡的事情若發表出去，連續劇本身難保不會告吹。當我被爸爸問到想怎麼處理時，我告訴他，我希望將成為媽媽遺願的這齣連續劇演到最後。

結果，爸爸徵得了經紀公司同意，拜託警方和電視台不要對外公開消息，將事情處理成單純的意外死亡。既然死因出在我媽媽本身，這絕對不算謊話。

多虧消息保留未公開，戲便這樣繼續拍了下去，直到殺青。媽媽完成了演連續劇的遺願，連續劇本身更創下了紀錄性的收視率。

然而這齣劇殺青之後，我就怎麼也提不起拚勁了。何止如此，下一檔工作準備進來的時候，我的身體就垮了，連要演戲都沒辦法正常演出。

爸爸決定讓我無限期休養，並且說服了經紀公司，讓我遠離演戲的世界。

之後過了六年——休養仍舊持續著。

＊

遠方傳來棒球社的吆喝聲，接著是足球社的聲音。這次又換成田徑社。

這裡是學校吧，可是我卻閉著眼睛。這種異樣感讓我醒了過來。

撐起身體後，全白的床單立刻進入眼簾。還有——

「早安……不知道這麼說是否有語病，不管怎樣，幸好你醒了。」

在這所學校無人不曉的「高中美女芥見獎作家」可知白草的臉。染上暮色的保健室。凜然的她在夢幻般的景物中，一舉一動仍顯得格外美麗。

「奇怪，我──」

「你在體育館暈倒，是甲斐同學還有充學長抬你到保健室的。」

充學長？我差點想問那是誰，然後就想起那是阿部的名字。

「那麼哲彥和阿部學長呢？還有妳怎麼會在這裡？」

「充學長把你抬過來以後，立刻就回去了。之前他說過有事要忙。」

「……是嗎？」

從白草口中聽見阿部的名字就讓我心裡有疙瘩。不過，現在先聽她繼續說吧。

「現在甲斐同學去教室幫你拿東西了。我呢──是想把這個交給你才留下來的。」

白草把透明資料夾遞給我。

資料夾裡有約五張列印過的紙。這是──

「照你的意願寫好的大綱。因為你提到想在文化祭出風頭，我覺得不必拘泥於利用現有的體育館時段也可以。不，我認為從中跳脫出來絕對會比較有趣。」

在文化祭上，體育館的使用時程經過嚴格排定，想用場地就要事先跟學生會申請，並且排好時間才可以。

哲彥早就申請到十五分鐘的時段，因此他跟我提議要演話劇。

白草卻說用別的方式比較好。

「能、能不能讓我看一下？」

我簡單瀏覽了第一張紙。第一頁寫了整體概要，正好有我想看的資訊。

「……這樣啊！靠我和哲彥的名字聚集不到人潮，所以要利用『告白祭』嗎！」

即使我和哲彥藉著精彩的劇本演了齣精彩好戲，大家不來看也就沒有意義。

「嗯。既然你們想出風頭，首先舞台就選錯了。」

白草如此說明。

「每年文化祭最熱鬧的活動是『告白祭』，而且『告白祭』還是閉幕儀式的一環……全校學生都一定會看。那你們怎能不利用『告白祭』呢？在『告白祭』上成為主角……想出風頭的話，這就是最佳手段。」

說來不甘心，但白草果真厲害。靠我和哲彥就想不出這種點子。

「而且我們還要霸占『告白祭』活動本身嗎？」

「沒錯，這就是我擬出的大綱核心。由你和甲斐同學打亂『告白祭』，讓『告白祭』變得像是自己的表演項目一樣。你覺得如何？」

告白祭是大受全校學生注目的舞台。能趁機炒熱氣氛的話，無疑會成為英雄。

忽然間，我聽見了歡呼聲。

從舞台看下去，觀眾席興奮成一片。望向旁邊，就發現共同演出者們都興奮不已地紅著臉笑著。

以往的滿足感浮現於腦海。

我有了把握，只有照白草的點子做才是對的。

「謝謝妳，可知！」

我激動得握了白草的手。

「呼咦！」

「這點子太棒了！我能看見成功的願景！都是靠妳出的點子！」

白草差點露出痴痴的傻笑——從平時無法想像她會這樣，但她立刻擺回凜然表情，還把流瀉於臉頰旁邊的烏亮黑髮撥到胸前撫弄。

「還、還好啦，畢竟是我想的點子，這當然嘍。」

「哎呀～～妳果真是職業的！我和哲彥就絕對想不出來！」

「哼，用、用不著抬舉我！因為我是職業的，當然辦得到！」

自尊心之高是職業意識的表徵吧。白草仰起形狀好看的鼻子，還挺出豐滿的胸脯。

我翻了紙張想看第二頁大綱。

看個一眼就曉得第二頁是告白祭的設定；第三頁則寫了簡單的流程。

「到此為止。」

「啊——」

白草把紙抽走了。我不由得追過去，然而我坐在床上，手到底是搆不著退了一步的白草。

「喂，怎、怎樣啦！我看得正起勁耶！」

「丸同學，你有沒有忘了什麼？」

「我忘了什麼……？」

「報酬。」

啊～～對喔。她確實有要求過。

沒錯啦～～白草是職業人士～～想法令人驚豔，我也希望一睹後面的內容。

不過，報酬是嗎……

「可知，我跟妳說，由於家長滿常不在家，往往有人以為我都能隨心所欲地用錢——」

「嗯？」

「我爸爸不在的期間，都是由小黑的父母代為照料我，所以我能夠動用的錢頂多僅限於零用錢的範圍。」

「我要的報酬並不是——」

「因此這筆錢請等我將來闖出名堂再付給妳，拜託！」

我起身一跳，在床上對白草下跪。

不給對方回話的時間就下跪耍賴！這正是我硬拗的必勝套路！

這樣她態度就會軟化了吧……有把握的我抬頭瞄了一眼，就發現白草用寒冰般的眼神低頭望著我。

「噫……！」

怎麼搞的？白草給的反應總是跟我預料的不一樣耶……以為她心情惡劣，她就有好心情；還以為現在低聲下氣能讓她心情愉快，她就壞了心情……嗯～我本來就不懂少女心，然而面對白草完全束手無策。

「丸同學，不要這樣。」

「……咦？」

「我認為你做得出這種舉動，反而是因為你對自己的自信。即使被看扁、被瞧不起，你依然覺得自己能夠克服。所以你才敢讓人取笑，敢對人態度謙卑吧？」

「呃～沒有妳說的那麼了不起啦，我就是笨，才會想靠傻勁敷衍過去……」

「丸同學，我不想看見你這副模樣。」

她會壞了心情，是因為看見我擺出丟人的模樣？

倘若如此，白草果然是對我——

「可知，妳曉得我以前當過童星的事，對吧？我從阿部學長那裡聽說了。」

「……沒錯。」

白草的肩膀打了哆嗦。

她這種反應是怎麼回事？難道她在生氣？不，難道她在傷心？

雖然我不太明白——不過，白草的神情非常嚴肅。

這種反應果然是代表……

「可知，妳該不會……曾經是我的戲迷？」

能想到的結論只有這個。

——丸同學，我不想看見你這副模樣。

白草會說這句話，肯定是因為她曾經是我的戲迷。

白草會在兩人獨處時對我露出笑容，基本上也是因為她是戲迷。

要求支付報酬卻又立刻就準備了劇本，同樣是因為她是戲迷。

……果然沒錯。一切都只要加上「因為她是戲迷」這句話，就能輕易理解。

白草將肩膀流瀉而下的亮澤頭髮捲到指頭上，繞呀繞地轉了起來。

「……沒錯啊。對此我是無法否認。」

該怎麼說呢，她的用詞似乎有所保留。

白草沒有說謊，但是她並沒有坦承一切。我有這種感覺。

「是嗎？總之妳確實曾經是我的戲迷吧。」

「……對。」

「謝謝。感謝妳當我的戲迷……不過，那時候的我已經不復存在了。」

我明確地告訴白草。

「曾經引起社會注目，讓許多人感動、露出笑容的一個小孩從電視上消失以後，在這裡的是毫無奇特之處的高中生。不好意思，即使被妳期待，我也拿不出什麼喔。」

何止如此，還落魄到想演一下話劇就昏倒的地步。就算有以前的戲迷在這裡，我連要服務她都辦不到。

「你真的甘願這樣嗎……？」

面對白草的問題，我搔了搔臉頰。

「沒有什麼甘不甘願，現實就是我做不了什麼大事。所以過往的事情被人發掘出來，坦白講也會讓我困擾。畢竟即使受到期待，我也做不了任何事。」

「但你要跟甲斐同學一起表演吧？」

「都已經昏倒了，或許打消念頭會比較好，不過妳拿出的點子有意思，我想試試看。」

「這樣啊……」

「目前的我退回起點了。不，都已經昏倒了，或許該從負數算起。可是一直惦記著當年勇而停滯不前，似乎也很愚蠢，再說我開始想起演戲的樂趣了，所以就算現在出了糗，我也只會試著盡全力讓自己重新來過。」

我對白草咧嘴一笑。白草睜大眼睛，一動也不動。

她的臉看起來好像變紅了。然而那也許是夕陽造成的。

「當中……有理由對不對？」

「嗯？理由？」

「讓你變成那樣的理由，一度放棄演戲的理由。」

「啊～～……妳要問這個嗎……」

「可以的話，希望你告訴我。這就是我所要的——報酬。」

這樣啊？我想也是。對曾經是戲迷的女生來說，我突然從電視上消失，應該到現在仍無法接受吧。

為了不讓媽媽失去她演出的連續劇，真相便沒有對外界公開。假如她肯保密也用不著隱瞞，既然還能當成報酬，講出來也無妨吧。

「是不能講的事情嗎？」

白草看似不安，卻用毅然的語氣問道。

「不，我可以說。但是傳出去就不好了，所以——」

「不要緊，我不會告訴任何人。我向故事之神發誓。」

「妳所謂的故事之神是什麼啊……」

難不成小說家都看得見故事之神？

「朋友跟我說的。那是位相當陰晴不定，而且殘酷的神。不過，祂對於努力的人絕對會有所回應，是位和善的神明。」

「哦～～」

我好奇白草說的朋友是誰，卻沒能問她。

「我不會跟任何人說，所以告訴我，你退出演藝圈的理由。」

「……好啦。」

我簡潔地說了理由。太過矯飾而被同情會讓我排斥，而我也不喜歡以悲劇英雄自居，因此就淡然地實話實說了。

………………

…………

……

「…………原來是這樣。」

白草聽完以後，短短地嘀咕。

「相關人士都不肯說的理由，我總算明白了。」

「妳居然還到處問相關人士啊……」

不愧是連電視節目都上過的高中美女芥見獎作家，人脈和行動力驚人。

「那麼……大概也無可奈何吧……」

「咦，妳剛才說什麼……」

打算問清楚的我噤聲了。白草的眼裡有眼淚正滴滴答答地流下來。

「唔──！」

女生一哭，我身為男人就束手無策了。

假如是我講了傷人的話，只有道歉一途，然而我並沒有講她壞話吧？那我該怎麼辦才好！

『像這種時候啊……你要抱緊她啦！』

哲彥似乎就會這麼說。

啊～～對啦，或許是有那種機會。我想自己也希望擁抱她。

『那太棒了呢！生而為人，坦率是最好的喔。你仍然喜歡白草！愛與和平！有愛才能夠拯救世界！別做報仇那種壞事，把她緊緊抱到懷裡吧！』

我內心的天使對我細語。然後這次換成惡魔在細語了。

『剛才你從舞台上看見了吧？阿部跟白草在一起。看了就曉得啦，他們倆是在交往。而你現在擁抱她的話，你覺得會怎麼樣？被白草推開以後，明天起要絕後的可就換成你嘍。換句話說，你想要擁抱白草的事情會被散播給所有人知道，阿部也會跟著到處講吧？你打算掛著什麼樣的臉上學？』

好恐怖！這位惡魔講話太有說服力了！看來是天使全盤落敗啦。

（可是呢……）

我重新思索。啊～～我對這樣的女生就是招架不住。

有才華，很努力，而且值得尊敬的女生……我喜歡這樣的女孩子，年紀比我大或小都不成問題。比起愛撒嬌又可愛的類型，我對有主見的堅強女生更招架不住。畢竟我看到這樣的女生就會想幫助她，或者實現她的心願嘛。

（唉……如果能早一點知道她曾是我的戲迷……）

或許我就能早一點拉近跟白草的距離了。

我已經不當童星，當然會排斥沾以前的光。但是有依據能知道白草對我明確有好感，為了讓她認識現在的我，我應該就敢積極找她講話。由於她總是對男生凶，即使偶爾對我溫柔，我還是無法完全置信。

（這種感覺該怎麼說呢……將來在同學會上跟喜歡的女生重逢時，如果對方提到「以前我喜歡過你」，大概就會是這種心情吧……）

錯失了彼此，時機不巧。假如命運稍有不同，也許幸福便已經來臨了。

真受不了，人生中盡是後悔。

「這給你……」

白草遮著淚濕的臉，將一度從我手上搶走的劇本遞了過來。

「因為，我收到報酬了……」

「是、是喔。」

我收下劇本以後，白草隨即把臉背對我，就這樣離開位子走向出口。然而大概是她用手帕擦眼睛的關係，她還一頭撞上保健室的門而站不穩。

……看來白草果然是有略為笨拙的地方。

我想不出該對白草說什麼，只能目送她的背影。

「喂～～末晴～～我幫你把東西拿來嘍～～」

換成哲彥進來了。

連被人評為遲鈍的我也看得出來。

「我說啊，你一直在門外聽我們講話吧？」

「哇喔，怎麼會被你發現？明天要下雪了嗎？」

「欸，你根本瞧不起我對吧？」

「Yes, I do!」

「先跟你聲明，千萬別把我退隱的理由講出去喔。會困擾的人可不是只有我耶。」

哲彥搔搔後腦杓，嘆了一大口氣。

「知道啦。就算是我，起碼也懂得區分可以做和不能做的事。」

「……那就好。」

「不過，說到這個嘛——」

哲彥望向白草離去的那道門外頭。

「原本我還以為你是在妄想……」

「什麼妄想？」

「可知對你超有意思的嘛，太不合常理了。說真的。」

「……你也這麼覺得？」

哲彥表情凝重地點了頭。

然而他的嚴肅只到這裡為止。

他憋不住笑意似的抖起肩膀，接著就突然「咯咯咯」地朝著天花板——發出吶喊。

「活該啦～～～～！你竟然錯過了那樣一條大魚，笨～～～～到不行耶～～你就是這樣，才會沒辦法脫處啦～～！」

「唔唔！哲彥……你這傢伙……」

「唉～～可惜耶。你跟可知要是有一邊行動再積極點，說不定就配成對了。可是呢，因為你沒有採取行動，人就被搶走啦。」

被戳中痛處的我咬牙切齒。

（…………可惡！）

火大歸火大，哲彥講的並沒有錯。沒有採取行動是我不好，而且可知也沒有主動做什麼，所以才導致現在的狀況。

「然後呢，你打算怎麼辦？要跟我一起上場演戲，然後贏過阿部學長吧？那樣就能把可知搶回來嗎？」

「不，我並沒有要把白草搶回來，而是要讓她迷上我再甩了她！初戀破滅的男人想報仇就該這樣做！——啊！」

哲彥在賊笑。

……啊～～這些話我只對黑羽講過，一衝動就脫口而出了。

當我抱頭懊惱時，哲彥就把手放到我的肩膀。

「說實話，我也差不多都看出來了，所以不用瞞我啦。」

「你的洞察力實在好得讓人不爽。」

「照我的推測，你會說『並沒有要把白草搶回來，而是要讓她迷上你再甩了她』，應該是志田給你出的主意吧？」

我的喉嚨哽住了。

「……你怎麼會曉得？」

哲彥洞察力這麼好，受他幫助的情況固然不少，但感覺好像內心遭到窺探，實在不舒服。

「還有呢，你想搞的報仇方式很蠢，應該說水準超低的，我看了都會不好意思——」

被他露骨地品評，我就不爽了。

我在做的事情確實很蠢，但是我沒有打算收手。

所以我開口想回嘴——

「哲彥，你要抱怨的話——」

「——既然是初戀也無可奈何，這部分我其實有同感。」

然後就立刻閉口不語了。

「那是種詛咒，會想報仇也是無可奈何的事。女人呢，彷彿就是為了騙男人而生的，不過我在初戀破滅之前可沒有這麼想過。」

令人意外。哲彥居然跟我有共鳴。

到處跟女生玩卻又憎恨女生，我本來還以為至少在女性方面，自己跟哲彥這個矛盾的化身是談不來的。但是連他這樣的人都覺得初戀有其特別的地位嗎？

被甩掉的我現在能明白，初戀果然特別。

畢竟那太猛啦！讓人開心到不行，鬥志也會高個一百倍！光想到那個女生的事就睡意全失，還會無謂地突然做起伏地挺身！

但那是因為初戀。下次戀愛時，我就沒有自信能這麼投入了。

誰教我之前不曉得失戀有多痛。下次戀愛，肯定是一邊興奮期待一邊卻害怕失戀而做好風險控管的戀愛。我沒辦法再一無所知地貿然投入，說不定，那正是大人的戀愛方式。

「我想問你一句。」

「問什麼？」

「假設手邊有個萬能的道具盒呢？」

「……啥？道具盒？」

感覺不像是會從哲彥口中冒出來的話。這傢伙在講些什麼？

「聽我說啦，你快得到憧憬的寶箱了。不過，要得到寶箱就非得拋棄道具盒——那麼，萬能的道具盒與憧憬的寶箱，你會選擇哪邊？」

「唔——」

難不成，他這樣形容是指萬能的道具盒＝黑羽，憧憬的寶箱＝白草……？

「這、這個嘛——」

我沒辦法接著說下去。腦內的會議舉行到最後，當我快得出一個結論時，心裡馬上就會有聲音冒出來將其抵銷。

「我——」

「好啦，目前就這樣吧。」

哲彥彷彿對我沒轍地聳了聳肩。

「無論怎麼選，末晴，現在都不是讓你昏倒的時候啊。唯有這一點是可以確定的吧？」

「……也對。」

哲彥把我的書包甩到床上。

「那就回家嘍。怕你這樣有危險，叫志田陪你一路走到家吧。我會去附近超商影印可知寫的大綱，你在那之前先等著。」

「噢。」

「然後，明天我們來針對大綱開會，後天開始就正式練習。離文化祭只剩十天，沒有空休息了喔。」

「還用你說。」

目送哲彥從保健室離去以後，我就用手機聯絡了黑羽。

＊

從前，在某處有個內向的女孩子。

她做什麼都笨手笨腳，對自己便沒有信心，使得她在學校遭到霸凌，不知不覺間變成拒絕上學了。

從早到晚，她總是一個人待在房間，所以她埋首於故事之中。家裡有爸爸的書架，她不愁沒有書讀。唯有讀書時才不會讓她覺得寂寞。

她每週都會期待某一齣晚間連續劇，那齣連續劇的主角是個少年，被設定成非常膽小又缺乏拚勁的懶惰蟲。然而在戲裡陷入嚴苛環境的他逐步成長，到最後總算達成找回母親的這個目標。

起初連續劇的收視率平平，但選拔來演主角的少年具備演技，搭配有笑有淚的劇本，收視率因而急劇上升，甚至成了社會現象。尤其是少年在片尾表演的舞蹈，那模樣象徵了他在最後一集應能抵達的璀璨未來，是一段身為小學生卻以「帥氣」為主打的劃時代產物。那套舞步用少年所演的角色名稱「羽生」取名為「小羽之舞」，還因為少年的俐落身手而大舉流行。

女孩子立刻成了戲迷，每次看見少年藉著那齣戲躋身明星之列的活躍，就讓她心情振奮。

她爸爸是連續劇贊助企業的老闆，而且為了繭居在家的女兒，他決定安排一項禮物。

『您好～～我叫丸末晴～～』

趁著劇組在女孩家附近拍戲之際，她爸爸就把演主角的少年邀來吃午餐。

女孩子可高興了！

她跟少年要簽名，少年就爽快地為她動了筆！個性和氣的少年邀她到拍戲現場，讓她參觀了過程！在等待戲份的空檔，少年還陪她一起玩！那天在道別時，少年說了下次要再一起玩！

女孩子和少年聊得最熱絡的是關於故事的話題。少年不愧是演員，知道許許多多的故事，而女孩子繭居在家時也大量閱讀故事，因此具有超乎年紀的廣博知識。

隨著雙方一起玩了幾次並且一起聊天的過程中，女孩子有了某個夢想。

『我要自己寫故事，希望小末你能為我主演。』

少年立刻答應了。

『好啊！我會期待阿白寫的故事！』

這個「約定」改變了女孩子的生活方式。

當她爸爸的公司贊助的連續劇完結以後，由於少年本身也很忙，就沒有來她家了。

但是女孩子持續在寫故事。

她一遍又一遍地重寫，然後在完成一篇作品以後，爸爸的公司所贊助的連續劇又找了少年擔任主角。

這次一定可以讓少年看她寫的故事——

如此期待的她向爸爸拜託帶少年來家裡。

爸爸答應了，約定卻沒有被履行。

起初，爸爸帶著黯然的表情。

『對不起喔。他的行程有點緊，沒能帶他過來。』

他只說了這些，而同樣的狀況接連發生過兩三次，到了最後——

『暫時是沒辦法帶他來了。』

父親如此告訴她。

萬分期待的女孩子深受打擊。容易鑽牛角尖的她自以為被少年討厭了，就對少年有了強烈的恨意。

女孩子不久以後才知道，那份情感，就叫作「初戀」。

她開始想對少年還以顏色。

她要變強，變漂亮，變有名，然後對少年還以顏色。等他回心轉意就會知道為時已晚。

——我要變成絕頂漂亮的女人，讓他後悔自己沒有來見我！

「我好笨……什麼事都不曉得……為什麼你不早點跟我說嘛，小末……」

淚水從長大的女孩子眼裡流下，眼淚落到她手邊的大綱手稿上。

※（）中的內容要刪掉再交給他

——A學長於「告白祭」預定會在輪到自己時向S子獻唱一曲，並且表演舞蹈。

（跳「小羽之舞」這件事已經向A學長取得同意。）

（另外，這項情報已經安排好要透過樂團成員洩露給他知道。）

——主角會闖入這場表演。跟A學長較量歌喉，並且贏過對方。

（A學長展露認真較勁的模樣。不過只要順利發揮能力，真材實料的主角就會贏。）

——主角順勢跟S子告白，S子會選擇主角。

（那是假的，S子會告訴主角，自己是以往被他稱作阿白的女孩子，並且當眾把主角狠狠地甩掉。）

（假如主角仍不死心地一再告白……那就沒辦法嘍……要跟他交往也是可以……）

之後女孩子在剛才修正了部分內容。

——主角順勢向S子告白，S子會選擇主角。

~~（那是假的。S子會告訴主角，自己是以往被他稱作阿由的女孩子，並且當眾把主角狠狠地甩掉。）~~

~~（假如主角仍不死心地一再告白……那就沒辦法嘍……要跟他交往也是可以……）~~

（我還是好喜歡他！）

「小末，我喜歡你……小末，我喜歡你……小末，我喜歡你……小末，我喜歡你……小末，我喜歡你……小末，我喜歡你……」

每次嘀咕都讓心揪緊，眼淚盈落。

「小末，你果然很帥。」

情意在內心放不下，就成了言語從口中吐出。

「小末明明遭遇了重大變故，卻一句藉口都沒有說。他也沒有怪罪別人，即使難過得昏倒，他還想要再挑戰。像我就辦不到這樣的事。他跟以前一樣，堅強到耀眼的地步……之前我明明那麼恨他，卻還是……」

以往光是想著他就覺得幸福。現在一想到他，卻會同時感到不安。

『你們──都聽見了。』

跟末晴分開，離開保健室以後，末晴的朋友甲斐哲彥，還有末晴的青梅竹馬志田黑羽都在外頭。

女孩子看見黑羽的表情就領悟到了，她的心思全都已經被對方看穿。

所以她如此威嚇：

『志田同學……我呢，是不會輸給妳的──』

女孩子隨即從現場離開了。她不想被對方發覺自己光是像這樣開口威嚇，手就在發抖。

她一想到黑羽的事便無法保持冷靜。

比我更早認識末晴，比我在他身邊待得更久，還比我跟他更要好的女生。

既害怕，又不想輸給她，難受得頭腦全都打結了。

「初戀是詛咒呢，小末──」

於是女孩子又哭了。

她的名字，同樣是從三葉草聯想而取的。

三葉草亦稱「白詰草」——而她的名字叫可知白草。

＊

由於身體狀況不好，結果我叫了計程車回家，黑羽因為擔心，也陪我上了車。

晚餐我決定叫外送打發，擔心我的黑羽也說要一起吃。等待披薩送來的期間，我跟黑羽就在客廳看起白草幫忙寫的劇本大綱。

「這表示——」

我開口搭話，黑羽就歪過頭。

「嗯～～小晴，意思是你能在現場表演得比阿部學長好，可知同學就會答應你的告白？」

「果然可以這麼解讀……」

大綱自始至終都以主角會贏A學長為前提。我是否能辦到並不好說，但只要贏過阿部，白草就會答應我的告白。她這麼寫……幾乎等於向我告白了啊。

「呃～～會有這種事嗎～～總不可能吧～～」

儘管我這麼想，卻忍不住笑逐顏開。

「難不成，白草其實是喜歡我的……比方說，是阿部在騙人……對了！她是被阿部威脅，才被迫裝成情侶！這樣就說得通——」

「萬一是這樣，小晴你就要跟可知同學告白嗎？當真？」

「…………」

換句話說，這也代表我要跟黑羽解除虛假的情侶關係。

白草對我而言——具有吸引力。當下我跟她的關係正逐漸從憧憬轉變成觸手可及。

——那麼，萬能的道具盒與憧憬的寶箱，你會選擇哪邊？

沒錯，我要選擇——

「總之呢，小晴，這篇大綱有幾個讓人介意的地方。」

「？是哪裡？」

黑羽語帶嘆息地說明。

「首先是可知同學為什麼知道阿部學長在『告白祭』上會採取的行動。正常來想，這種事情是不是要當成驚喜？」

「……的確。」

在告白前有安排一小段讓人訴說的時間，往年起碼都會有一個強者趁機猛唱自己譜的情歌。

既然阿部有參加樂團活動，跟團員合力獻唱一曲——要認真告白的話，會這樣準備倒是理所當然吧。

不過那要是驚喜才有效果，白草不應該得知這項情報。

「照你的說法，假如可知同學是出於某種因素才被迫跟阿部學長交往，這篇大綱就可以當成她拜託你教訓阿部學長的暗示。」

「對～～是這樣沒錯！」

「不過呢，考慮到她跟阿部學長如果是串通好的，或許就會讓你當著大家面前告白，再痛快地甩掉你。老實說，我覺得這比較有可能。」

「呃……！太恐怖了！那樣我不就在全校學生面前丟光臉了嗎！」

「趁你贏過阿部學長而得意的時候，把你推落谷底——如果對方打的是這種主意，構想還滿有意思的……應該說，她非常狠心耶。不愧是小說家，你說對不對？」

欸，這不是鬧著玩的！被那樣設計的話，我會無法振作啦！

若是由阿部設局，老實說我倒不覺得奇怪。只是我希望相信白草並不會那麼做。

「那、那個～～感覺白草以前確實是我的戲迷，所以我想她不會狠心成那樣啦……」

「即使曾經是你的戲迷，事情也已經過去了吧？或許她現在是把阿部學長當成第一優先喔。女生交了男朋友以後，不都是這樣嗎？」

「唔——」

多麼有破壞力的話。明明是隨口說一句，卻輕易就打動我的心。

不過黑羽肯定是比我冷靜。苦澀卻寶貴的金言。

「……小黑，明天能不能請妳先去跟阿部的樂團成員打聽，看看他們是不是真的要那麼做？畢竟我是男的，由我去問感覺就會引起對方各種疑心而不肯透露。」

「的確。可以啊，我去幫你問。」

「謝啦。麻煩妳順便問歌名。」

我試著重新讀了一遍大綱。

「假如阿部要獻唱是真的，在舞台上跟他分勝負是最合適的。」

雖然我定了要讓阿部心服口服的目標，但是除了比運動項目，要有明確輸贏非常困難。

然而我要是能在阿部向白草求愛的演唱節目上獨占風頭，再沒有比這更痛快的事了。鐵定能讓他輸得心服口服才對。

「……小晴，你有沒有以前的相簿？」

「怎麼突然問這個？」

「而且要你在當童星時期拍的。」

「有啊。」

「拿過來。」

「……是可以啦。」

我到自己在二樓的房間，從書架拿出相簿，接著就回客廳交給黑羽。

「謝謝。」

黑羽默默地翻起相簿，然後她的手在某一頁停住了。

「——這張。」

黑羽指了我跟一個瀏海長得遮住半張臉的少年合拍的照片。

「噢，好懷念耶！這是阿白！」

「阿白？」

「這傢伙啊，都把自己關在家裡。他好像是我的戲迷，我受到擔任贊助商的伯父拜託，就跟他見了幾次面。這傢伙文文靜靜的，不過他很博學，還會借書給我看，是個不錯的人。記得他還說過要自己寫故事，所以希望我能演主角。當時我還滿期待的，後來因為退隱就沒有再見面了，不知道他過得好不好。照片上頭髮亂糟糟的，但是他的五官超端正，或許現在已經變成氣質中性的型男嘍。」

「……原來如此，是這麼一回事啊。」

黑羽悄悄地闔上相簿。

「咦？妳剛才說的是什麼意思？」
「沒有呀。」
「妳還說沒有……怎麼可能啊？感覺妳亂恐怖的耶。」
「……沒有呀。」
我首次覺得「沒有呀」是這麼可怕的一句話。
簡直沒得商量。黑羽釋出了彷彿我再繼續追究就會讓我絕望得翻來覆去的精神壓力。
「——小晴，所以你要照著可知同學寫的大綱做嗎？」
「這個嘛，要做的話，首先得確認阿部會不會在現場演唱。另外，這樣哲彥大概就沒有出場的份了，所以也得徵求他同意。不過呢，要是這些問題都能解決，坦白講……我想試試看。」
「因為可知同學或許會答應你的告白？」
黑羽的臉蒙上陰影。她最想問的就是這件事吧。
「我之所以想試，是因為這項企畫感覺有意思。對報仇來說是最棒的企畫。」
「憧憬的女生好不容易要對你回心轉意，浪費這個機會好嗎？」
「……欸，小黑，有件事希望妳能聽我說。」
我下定決心告訴黑羽。
「——不要，我不想聽。」

黑羽似乎察覺了什麼，就轉身背對我。

「不然妳就這樣聽我說吧。我——」

「啊～～啊～～啊～～電波接收中！電波接收中！」

「小黑……我說妳喔……」

黑羽用雙手捂住耳朵，並且蹲了下來。

她會抗拒得這麼不顧顏面，肯定是因為誤會。

「我才不聽呢，小晴……反正你是要說自己果然還喜歡可知同學，所以要跟我取消假的情侶關係對吧……？你在想什麼，我都已經知道了……」

黑羽的嗓音帶著哭腔，那令人憐愛的態度使我胸口揪緊。

「啊～～妳果然是誤會了。」

我用手指朝黑羽的後腦杓彈了一下。

「好痛！」

「從明天起，放學後我會跟哲彥在家裡特訓。我只是想告訴妳，我們暫時別在家裡見面了。還有，我不想讓妳看見特訓，所以打算跟妳說都不用來幫忙。」

黑羽用鬧脾氣的表情仰望我。

「那就表示你想要帥給可知同學看，所以我看了會礙事？」

「不是啦。妳本來就反對我表演。我想特訓的過程大概會很淒慘，妳看了應該會阻止我，所以有哲彥陪我就夠了。」

「……是喔。那我明白了，小晴，我相信你。」

黑羽說著便笑了。

看見她的笑容，這次——我就彈了她的額頭一下。

「好痛喔！小晴！從剛才到現在，你出手都太重——」

「小黑，既然妳不能完全信任我，就不用勉強自己笑。」

黑羽是跟模範生一樣的乖女生，所以她也會顧慮旁人而說謊。

但是交情長久的我看得出來。現在的黑羽不能完全信任我，她都快要哭了。

「……白痴。」

黑羽把額頭貼到我胸前，然後直接用拳頭捶了好幾次我的身體。

「白痴！白痴！白痴！」

「……我總是在讓妳操心。」

「所以我才罵你白痴！」

我讓黑羽隨意發洩一陣子以後，累了的她就垂下雙手，並且嘀咕：

「跟之前講過的一樣，我反對你上台表演，但是我要給你建議。」

「嗯？什麼建議？」

「小晴，你應該是可以表演的，只要你察覺兩件事。」

「兩件事……？」

對我無所不知的青梅竹馬仍把額頭貼在我胸前，就這麼開口：

「目前，你是因為伯母的事情在心裡留下了陰影才沒辦法表演，不過『你只要想成自己在飾演心裡有那種陰影的人物就行了』。」

「把平時的我當成在表演嗎……？」

「你說過在表演的時候都會想像自己變身對不對？小時候你只要一個階段的變身就夠了，既然現在成為高中生，就需要兩段變身……你可以這麼想像吧？」

「這樣啊……！」

由於有空窗期，思緒無法切換成角色就成了問題。不過當作「自己在當下已經切換過了」，心理層面的門檻就會下降。

從零到一是大工程，但是從一到二就容易了。很多事情通常是這樣。

「至於另一個建議呢——」

黑羽抬起臉。

她擦都不擦被淚水沾濕的臉頰，還露出聖母般的微笑，溫柔地摸了摸我的臉。

「你要試著想想自己希望為誰表演。如果能認清這一點，你肯定就可以克服心中的陰影。」
「為誰表演……？」
「沒錯。畢竟你會開始當童星，就是為了伯母吧？當初加入劇團的時候，你不是還說過一點都不開心嗎？」
「是這樣嗎……？」
「嗯，是啊。因為我記得嘛。」
黑羽的記憶力很好。她會這麼說，表示是我自己不記得而已。
「因為演得好能讓伯母高興，你才會持續下去；成名以後，你也總是提到伯母在為你高興。到頭來，或許你非得為了他人才能夠表演。我認為你剛才會在舞台上昏倒，結果也是因為你想要為自己表演，就輸給了內心的陰影。不過呢，換成為他人表演應該就沒問題。小晴，感覺你是有這種自我奉獻的精神喔。」
被她一說，我想起來了。
『媽媽！怎麼樣？我演得好嗎？』
『是啊，你演得非常好喔。』
『嘿嘿，不賴吧？』
沒錯，我就是想讓媽媽開心才會當童星的。被黑羽提醒之前，我完全忘記了。

太厲害了吧，小黑。妳連我自己不明白的部分都能看穿，明知道事情若進展順利，自己或許就會被甩，卻還不惜給我建議……妳為人未免太好了。

「謝謝妳嘍，小黑。」

「哪裡，不客氣。」

門鈴響起。披薩送到了。應門的黑羽說著「來了來了～」便匆匆趕去玄關。

我一邊看著她的背影一邊下定某個決心。

隨後經過十天——到了文化祭當天。

其之四 我已對初戀復仇完畢

*

這十天以來，我一直在思考，為什麼初戀會是特別的？

基本上，第一次就是有其特別之處。

科學性的新發現會獲頒獎章，一年之始的日出也顯得吉祥。

不只是戀愛，所謂的「第一次」在任何方面都容易變得特別。而且正如同許多故事都會談及戀愛，感情事在人生當中大多也會被特別看待。

雙重的特別加在一起，果真就是特別中的特別。初戀會被人看重，或許到底是人之常情。

「嗨，末晴，準備萬全了嗎？」

被裝飾成文化祭樣式的校門，坐鎮於正面的是字樣有氣勢的招牌，歸學生會所有，每年都會使用而歷史悠久的一件老東西。

「行啦。」

而我和哲彥穿過了校門。

今天是為期一日的文化祭。這所穗積野高中因為「告白祭」而籠罩著獨特氣氛。

假如有男同學顯得心神不定，那肯定是有意要告白。他正在做心理準備，打算當著全校學生面前公開示愛。

那種人碰不得，只能在內心給予聲援。因為他們正是文化祭的主角。

「……哎呀。」

不知道這是巧合或者必然，我和正好跟朋友講完話的阿部對上目光了。

阿部露出爽朗的笑容說：

「嗨，這不是笨渣搭檔的兩位嗎？」

「……？笨渣……搭檔……？」

當我在腦海裡畫上問號時，哲彥就上前了。

「你好，我是負責耍渣的甲斐哲彥。哎，沒想到學長不只認識末晴，連我都認得出來，真是榮幸呢。」

「負責耍渣是什麼意思！難道我是負責耍笨的嗎！」

哲彥眨了眨眼，然後嘆息說：

「咦？原來你沒有發現嗎？」

「難不成，那個搭檔名稱很有名？」

阿部對發問的我笑了笑。

「只有一小部分的人曉得啊……在這座鎮上的人當中。」

「那不就是兜了個圈子在說校內名氣響叮噹嗎！」

「哎呀，你聽出來了嗎？幸好，你沒有笨到聽不出來。」

「太好啦，負責耍笨的，學長在誇獎你耶。」

我撥掉哲彥親暱地拍在肩膀上的手，並且抱頭懊惱。

「拜託別這樣好嗎！我的心臟沒有像你那麼強，聽了會沮喪到不行耶！」

「放棄吧——這就是現實。」

「啊～～啊～～！我聽不見～～！才沒有那種現實存在～～！」

我打算從現實轉開目光，而阿部瞇起眼輕視這樣的我。那種看扁人的視線，讓我從胸口湧起了怒火。

「呵呵，你可以永遠逃避現實。嗯，沒有錯，或許那樣對你才好。」

「你說什麼——！」

「畢竟今天應該會發生讓你更想逃避現實的事情。儘管我希望你務必要親眼目睹，不過，我也不是魔鬼心腸。你趁現在夾著尾巴逃走應該比較聰明。」

有女同學從校門走來。阿部大概是覺得這些話讓人聽見會有損名聲，他朝我走近，還在我耳邊細語：

「好啦，要回家就趁現在喔，負責耍笨的學弟——」

說實在的，他太高高在上了吧。外表裝得爽朗，更讓人覺得惡質。

啊～這種心情，該怎麼表達才好呢？

……啊，我想到了，這樣說就對了。就這麼跟他說吧。

阿部在細語後打算直接走掉，我便抓住了他的手腕，硬是把人扭過來面對我這邊。

「阿部學長。」

我用輕視至極的眼神回敬他到剛才為止的所作所為。我像個三流混混一樣陪笑臉，捏了他的鼻頭。

「請學長期待今天的『告白祭』喔——我會讓你欲哭無淚。」

阿部甩開我的手，舐了舐嘴脣。

「那是我要說的台詞，曾經的天才童星丸末晴學弟。」

阿部露出冷笑離去。

我瞪著阿部的背影，哲彥就把手肘放到我的肩膀。

「末晴，這下可不能輸給他嘍。」

「那還用說。我從一開始便沒有輸的打算。」

我的文化祭就這樣揭幕了。

＊

「告白祭」是在文化祭最後——會當成閉幕儀式的一環來舉行，因此全校學生必然都會看。志願參加者則要在閉幕儀式前三十分鐘到學生會辦公室集合。不需事前申請，衝動或一時興起皆可參加。

學生會辦公室在文化祭期間會用黑色窗簾遮住窗戶，因此只要偷偷進去就沒有人會發現。在閉幕儀式時——

『奇怪，那傢伙是不是跑了？』

假如有人這麼說，當事者就是偷偷去參加告白祭了，往年常有類似的狀況出現。

志願者要在學生會辦公室登記姓名和隸屬班級。這是因為學生會安排的司儀將在活動上唸出名字。

此外還有備註欄，可以記載想做的事。掌管「告白祭」的學生會成員會付出努力，盡可能予以實現。每個人姑且設有五分鐘的時間限制，只要是在範圍內辦得到的事基本上都ＯＫ。

話雖如此——

「坦白講，在那之前都閒著沒事做耶……」

當我從窗邊望向外頭，穿著迷你裙和服的黑羽就青筋暴跳地嘀咕。

「哦～～小晴，你閒著啊……」

「目前呢，已經有五個人點餐了，你看不見嗎……？」

「對不起，我馬上動手做。」

我連忙磨起咖啡豆。

我們班二年B班推出的活動是「和風咖啡廳」。

往年推出的角色扮演咖啡廳或女僕咖啡廳，大多是拿女生當幌子來聚集人氣的活動。但是這樣做就會加深男女生之間的衝突，以結果而言就算男生們承受莫大損失也不稀奇。

因此我們班的男生們就集思廣益，提了「和風咖啡廳」的主意。

以和風為概念，因此主打的並非讓女生扮裝。男生們也會換上甚平（註：日本傳統的筒袖短褂）或和服便裝，以和風扮相來吸引女生。提出意見之後，女生也表示贊同，事情就難得毫無對立地敲定了。

然而我們班男生有渣男代表甲斐哲彥，以及為數眾多的人渣男同學。

結果，女生的服裝被暗中統一成迷你裙和服，到今天才迎來正式亮相。

請看看，這耀眼的大腿光彩。

女僕裝根本不能比啦。女僕裝基本上都是長裙，看不見大腿吧？我們班準備的和服是下襬只到膝上十公分的貨色，暴露度是由迷你裙和服壓倒性獲勝。換句話說，就是我們男同學獲勝。多虧如此，生意才會好到這種地步。

「志田同學！麻煩讓我拍照！」

「對不起喔～我們全面禁止拍照。原本是打算讓人拍的……可是我們班男生挑選衣服的腦袋實在有毛病……」

「噫！」

拜託拍照的客人短短地尖叫。我記得他是隔壁班的網球社成員……對喔，所以他才不曉得黑羽的可怕。這應該成了不錯的教訓吧。

「真的很過分耶！我們也說過不行，都是姓丸的硬要這樣……」

「對啊對啊，我有阻止過喔！可是姓丸的非要通過這個案子——」

在我旁邊負責弄飲料的男生互相點頭。

我分別用右手和左手勒住他們倆的脖子。

「啥？怎麼會怪到我一個人頭上？你們可別想自己逃避責任喔。」

兩個男生皺起眉頭，然後掙脫我的手，像是要對我用頭槌一樣把臉湊過來瞪人。

「啊？你這蠢貨。難道你已經忘啦？」

「你不是都說自己有事，就一直沒有來幫忙準備！」

「所以責任才會全部推到你身上啊！多虧你答應了這一點，我們班的王牌志田同學才不得已接受，還變得願意積極配合，因此結果都ＯＫ就是了。」

「假如沒有志田同學幫忙說服其他女生，絕大多數的女生都準備抵制了耶！你可要感謝她的大恩大德！」

「沒錯沒錯！起碼盡到自己的本分嘛，你這蠢貨！」

這、這些傢伙是多麼人渣啊……居然因為我不在就擅自推卸責任……！

不過我懂了。原來黑羽以為是我搞的鬼，才會接受並且促成了班上的活動。畢竟黑羽社交性強又受到愛戴。

既然如此，我覺得自己多少是得揹起黑鍋啦──

「你們聽著，『答應把責任全部推到我身上』這一點，我是真的不知情耶。」

「白痴。是甲斐說你已經答應的啊。」

「……很好，找出犯人了。」

都是哲彥啦～～！那傢伙真是個渣男耶……！

「喂，『渣彥』人在哪裡！」

「那傢伙分到第二組了，不可能在啦。」

班上同學分成第一～第三組，各自要排兩小時的班。

我是十點～十二點的第一組，黑羽也一樣。看來哲彥是分到第二組。

另外，白草則是——哦……原來她在第三組啊。

……由於大綱本身不需要台詞，我在拿到白草的大綱以後只跟她講了幾次話，並沒有多談些什麼喔。不過我們是同學嘛，難得有機會，到時候要不要來偷看一下呢？

「好了，小晴！趕快動手工作！」

「知道啦！」

所有人在黑羽指揮下動了起來。我從吧檯裡面望著接待客人的黑羽。

甩亂一頭附麻花辮的中長髮又動作靈活的模樣，可以感受到她的能幹快活，看著就讓人覺得愉快。小動物般的黑羽跟粉紅色和服十分搭調，在可愛方面遠勝過其他女生。最常被客人叫到的當然也是黑羽。

連我身為青梅竹馬都覺得驚人的規格之高。假如我不是青梅竹馬，大概會惶恐得連話都不敢跟她講吧。

「來，小黑，三杯咖啡。」

「嗯。」

黑羽來吧檯拿餐點。

於是一四八公分的黑羽踮腳將嘴巴湊近我的耳邊。

「所以呢，如何？我穿這樣，適合嗎？」

她對我露齒一笑，只差沒有「噫嘻嘻」地發出聲音。

我撇開臉說：

「坦白講嘛……超可愛。」

「啊，是喔……你說得那麼直接，讓人有點不好意思……」

混帳，這女生有夠可愛啦。

可是我卻甩了她，還讓她假裝跟我在交往——不行，我實在有罪惡感。

但事情到今天就會告一段落，曖昧的關係也只會再持續一陣。

「丸～～同～～學！就算你們在交往，班上可是禁止秀恩愛的！」

「有罪——！有罪——！」

「這傢伙不知羞恥！拉他入黨！」

當黑羽為了接待客人而離開的時候，男同學就圍上來把我帶走了。

欸，說真的，我們班上，偏激派的人會不會太多？

我且戰且逃地應付那些人就過了兩個小時，第一組的班輪完了。

「嗨，辛苦啦。」

來換班的哲彥舉起手。

「快脫掉啦。你那套和服便裝，接下來是我要穿的。」

我對哲彥使出了金剛爪。

「那個……關於挑女生服裝全被推到我頭上這件事，我有話要說……」

「你還不如看看外頭。有人來見你耶。」

「咦？」

哲彥用拇指所示的方向是腳踏車停車場。

我們班二年B班位於二樓，窗口底下就是腳踏車停車場，因此可以盡收眼底。

有個深深戴著帽子的少年站在那裡。臉被遮住了一部分，卻看得出來五官相當端正。即使跟王子般的阿部或痞子男哲彥同樣屬於型男，路線仍有不同。他可說是氣質中性的美男子吧。

我心想：那是誰啊？不過那種像小狗狗遭到遺棄的眼神讓我有印象。

少年跟我對上目光後，就望著我打了電話。

我的手機響起。搞什麼，哲彥那傢伙，居然擅自把我的號碼告訴對方了嗎？

我一面感到不滿，一面仍接起了神祕號碼的電話。

「喂，你是什麼人？」

『好久不見……小末。』

已經好幾年沒有聽過的稱呼。全力動腦的我調校了搜索到的記憶，才總算想出某個名字。
「你該不會是……阿白？」
於是阿白就露出了忠犬般的燦然微笑。
『……對啊。虧你認得出來，小末。我好高興。』
以前我當童星時，自稱是戲迷的贊助商兒子。而且我們曾要好地玩在一起，他還約定將來要讓我主演自己所寫的故事——如此令人懷念的一個朋友。
相隔六年的重逢。
「難道……」
黑羽變了臉色。
「你來一下，小晴——」
「哎呀，志田，先等等。」
哲彥抓住了黑羽差點伸過來的手。
「要不要稍微觀望一下？我啊，很好奇事情會變成怎樣。」
「哲彥同學……你知道多少……」
我絲毫不懂他們的互動，就因為跟老朋友重逢而高興得叫了出來。
「好久不見耶！過得好嗎！難得來這裡，你上來我們班嘛！我們班的和風咖啡廳，雖然男生全是些人渣，女生的服裝可是棒透了喔。」

『啊，我不太習慣人潮……可以的話，我想跟你在不顯眼的地方講話……』

這麼說來，阿白原本都關在家裡。雖然不知道現在是否脫離繭居生活了，畢竟他氣質中性又俊俏，很容易受注目。沒辦法上來這裡應該也是難免。

「……抱歉。是我想得不夠周到。那麻煩你直接進來校舍，爬到最頂樓。三樓上面是樓頂，不過門都關著，所以不會有任何人上去才對。」

『嗯，我明白了。』

電話掛斷了。

跟朋友重逢的我滿心興奮，趕著換下服裝交給哲彥。

「拿去。還有，哲彥，別擅自把我的號碼告訴別人啦。幸好對方是以前的熟人，假如碰到可疑分子要怎麼辦？」

「不，『我並沒有把號碼給對方耶』。」

「嗯？」

他在說什麼？是某種敘述性詭計嗎？比如哲彥只是沒有直接給號碼，而是透過某個中間人。

唉，也罷。重要的是不能讓跑來陌生場所的阿白等太久。

我離開教室，爬起了通往樓頂的階梯。樓頂被鎖著，樓頂門後的樓梯間被當成儲藏室利用。

假如有人來，頂多只有學生會成員會來把這裡擺的桌子搬到活動上用吧。

我等了一等，阿白就爬上樓梯了。

「噢～～阿白，果然是你。」

鎖著的樓頂樓梯間是昏暗的，使我看不清他的臉，但是輪廓和氣質都與記憶中吻合。

阿白在樓梯的折返處停下腳步，仍用帽子遮著眼睛就嘀咕了一句。

「好久不見呢，小末。」

……奇怪？阿白的體格有這麼嬌弱嗎？

即使他穿的是連帽衣搭配長褲的輕便裝扮，手腕和腳踝還是顯得格外纖瘦，頭也好小。

當我覺得再想也沒完沒了，準備下樓梯走向他時——

「小末，停下來。」

就被他阻止了。

「怎麼了嗎？」

「……呃，感覺太久沒見面了，我會緊張，所以保持這個距離就好。」

講這種話還真奇怪。難道他目前還在當繭居族？

算了，人會有各種隱情。何況只是要講話，保持這個距離也不成問題。

「不過阿白，虧你能過來耶。謝謝，我很高興。」

「啊……」

阿白聽了我講的話，臉色頓時一亮。

「……嗯，幸好聽到你這麼說。我本來還擔心自己說不定被忘記了，或者會被嫌礙事。」

「不不不，沒有那種事啦。」

「可是，因為小末不當演員了，也都沒有來看我……所以我才在想自己是被忘記或者討厭的其中一邊。」

「啊～～……」

我一掌拍了自己的額頭。

「那是我要道歉。我並沒有討厭你或忘記你，不是那樣的。」

「那……是為什麼呢？」

我簡單把媽媽過世的事故告訴對方。

「因為這樣，雖然我有設法把連續劇演完，後來卻變得沒辦法演戲了。因為你說過自己是我的戲迷，該怎麼說呢，我會覺得過意不去，或者說沒有臉見你。畢竟你爸爸是贊助商，去你家的話或許就會被建議復出演藝界，我也不方便過去……這算是藉口吧。明明我們講好由你寫故事，再由我來演的——呃……咦——？」

阿白在哭。

或許他本人沒有察覺。他睜大眼睛凝望著我，流下了大顆淚珠。

「原來，你記得我們的約定……」

「咦……？」

由於阿白講話細聲細語，沒聽清楚的我忍不住出聲，他就連忙用袖子擦掉眼淚。

我想我大概提到了不適當的話題，就改聊別的事。

「那、那個！你後來怎麼樣了？有去上學嗎？」

阿白緩緩地用手帕擦了眼淚，然後略為低著頭說：

「……嗯。見不到你以後，隔一段時間我就復學了。」

「你沒有被霸凌吧？」

「我有被霸凌喔。」

「真、真的嗎！沒事吧？」

「嗯，我沒事。我不會再輸了。因為我下定決心，要在跟你見到面以前變得堅強。」

我居然對他造成了這麼深的影響，有點難以置信耶。過去的我似乎跟現在的我不同，是個挺厲害的傢伙。

「那真的太好了！比什麼消息都讓人高興！」

「為了不讓人欺負，我想到要減少自己的弱點。所以我用功學習，運動固然不擅長也還是努力鍛鍊……然後我就變得會運動了。不過我最下工夫的是創作故事。我想趕上小末的水準，一直都在付出努力……於是在去年，我總算獲得了認同。」

「獲得認同……？莫非，你出道當小說家了嗎……？」

阿白悄悄垂下目光。

「……嗯，差不多就是那樣。」

「那你很厲害耶！書名叫什麼？」

「…………」

阿白依舊低垂目光不回答。他先是猶豫，接著欲言又止，這樣的過程重複了約兩次以後，才總算發出聲音。

「小末，我一直都希望追上你。」

「……這、這樣啊。」

「小末，我一直都想得到你的認同。」

「……是、是喔。」

「我努力……再努力……又用功……又鍛鍊……還研究要怎麼讓人說我漂亮……」

「……嗯？說你漂……亮？」

當我偏頭表示不解的那一瞬間，阿白狠狠地瞪了我，然後使勁摘掉帽子。

長長的黑色秀髮半空飄舞。

……之前我怎麼都沒有發現呢？

現在回想，臉上看得出影子，而且氣質也類似。

阿白個性軟弱。但是，有時候他其實會逞強散發出不讓人親近的氣息。

沒有錯，阿白逞強時的氣質——跟「可知白草」是一樣的。

「咦，阿白你……啥！可知……？」

「沒錯，我就是阿白。爸爸都叫我的小名，才讓你誤會了我的性別。阿白的白，就是白草的白。我一直好想見你，小末……不過，其實我們早就見面了。」

我的腦袋變成空白一片。

我真笨，居然把女孩子誤認成男的，而且對方居然是白草。

「小末，我拿到……芥見獎了喔。我寫得出……能讓你飾演的故事了喔。怎麼樣，我變漂亮了嗎？被看成男生讓我很懊惱，我想得到你的認同才拚命努力的。現在，甚至有人找我拍寫真了喔，你曉得嗎？」

「這、這還用問……」

她一字一句貫穿我的胸口。

僅僅一段話——裡頭卻蘊藏著累積起來的龐大努力。忍過了長達幾年的時光，還有專心修練的血汗氣味摻雜在其中。

「小末，我想得到你的誇獎，才決定跟你讀同一所學校。但是——」

我沒有記在心上，不過白草應該有吧。

我跟黑羽一邊笑著，一邊準備放學回家。等候著的白草想跟我相認而站到我面前——我卻視而不見地走過她的旁邊。

沒錯，肯定有過那樣的光景。

「——我很難過。」

我因為罪惡感太深而無意識地低下頭。

「對不起……我完全沒有發現……」

「……不會，沒有關係。」

白草擦了淚濕的臉，露出一絲笑容。

「畢竟，那都是沒辦法的事。小末放棄當童星，又認不出我，我現在曉得那都是沒辦法的事了。既然已經盡力做到最好，只是時運不濟，那我就不會後悔。雖然我對無情的神明感到惱火，卻還是釋懷了。因為——你記得我們的約定。」

白草的微笑和阿白的羞澀重疊在一起。

那簡直非比尋常地——可愛，而且美麗。

我的心跳怦通怦通地劇烈起來。一度放棄，還燃起復仇之火的心，又點起了別的火頭。

即使覺得不可以，我卻駕馭不住內心。畢竟，心本來就是不求合理的。

「欸，小末，往後，能不能讓我再叫你小末呢？」

「咦？」

「以往因為你好像不記得我，我才賭氣叫你『丸同學』，不過你對我來說到底還是小末。」

「好、好啊，當然可以。」

被人稱冰之美少女的白草像這樣親切搭話，我反而會難為情。

「不過，你不要再叫我阿白好嗎？既然都曉得我是女生了。」

「那倒是。不然我怎麼叫妳比較好？」

「——小白。」

白草立刻告訴我。

「志田同學被你叫作小黑，一直都讓我感到刺耳。」

「咦？」

剛才，我好像聽見了相當恐怖的台詞……

「既然那個女生叫小黑，我就可以叫小白才對。我始終這麼覺得，所以希望你叫我小白。」

「好、好啊……我明白了！那我以後要叫妳小白！」

「嗯，就這樣嘍，小末。」

唔哇，她好可愛。

但是我總覺得目睹了某種恐怖的部分，更重要的是受大家畏懼的白草被我叫作小白……這樣稱呼她，不知道我在班上會有什麼下場。

「不過我說啊，可知……」

「小白。」

我不自覺說出口的稱呼立刻遭到糾正。

但是並不恐怖，反而讓人覺得可愛。白草鼓起臉頰，露骨地表現出不悅。

她本來就是以冰山美女著名。然而這種落差是怎麼來的？難道說，白草對視為親朋好友的人就會和善到不行？

——為了不讓人欺負，我想到要減少自己的弱點。

啊，對喔。白草曾經膽小到被人欺負，所以她想要減少弱點，一直都繃緊了神經。不改表情以免向他人示弱，一身凜然，假裝成強勢的模樣。

比如白草面對討筆記來看的惹人厭同學，就採取了可謂激烈過度的反應。那正是因為她以前受到霸凌，有過拒絕上學的經驗，才會不服輸地加倍抵抗。只要知道阿白跟白草是同一個人，會發生那種事就能讓我理解。

「抱歉，要叫妳小白才對。」

「嗯，那樣就好。我希望你那麼稱呼我。」

跟白草的距離好近。不只是物理方面的距離，感覺在心理上也接近了。

白草一直隱瞞自己是阿白這件事。而祕密已然消失，她就願意對我坦率了吧。但是——

「這是為什麼呢？」

「？」

白草歪過頭表示不解。

「不是啦，小白妳從以前就認出我了，卻一直沒有跟我相認吧？為什麼事到如今又這麼做？呃，高興歸高興，我完全不懂妳為什麼要選在這個時間點。」

「……也對呢。從你的立場來看，感覺會是那樣。」

白草本來想交抱雙臂，途中卻動作一僵，把手放了下來。看來那是為了扮男裝而用纏胸布緊緊捆住上圍的影響。

白草原本就胸部雄偉。雖然用連帽衣遮住了隆起的胸脯，要壓縮成這樣想必很辛苦。即使她如此努力，仔細看還是有隆起之處，那非比尋常的情色感讓我牙癢癢的。

白草臉頰泛紅，背對我。

「老實說，我……一直對你滿生氣的。」

「那是指我沒有認出妳就是阿白嗎？」

「嗯。」

「哎，那倒也是……」

白草背對我，藏頭遮臉地說：

「當時我沒有聽說伯母的事……心裡會覺得：你怎麼沒認出我呢！白痴！要不要我用針扎進你的指甲縫呢！……大致上是這樣。」

「欸，等一下，妳最後那句話超恐怖的耶。」

那算是一種拷問了吧！討厭男生的白草同學一瞬間又出現了！

「可是你有讀我的小說，還大為讚賞，讓我非常高興，但你在教室都不來找我講話，我也曾氣得心想：『你這軟腳蝦！』有好幾次都打算讓你絕後……」

「被妳隨口罵成軟腳蝦讓人很沮喪耶！還有拜託別讓我絕後！」

「……不過，聽到你在這次文化祭又要表演，我就按捺不住了。那天我興奮得只用一天就寫出了大綱。」

白草瞥了一眼觀察我的動靜，跟我對上目光後又把臉藏了起來。

把白草跟阿白的面貌重疊在一起，突然有種狗狗般的印象。阿白那時候的形象是棄犬，隨著時間經過就混了一點狼的成分進去，或者說變得有傲氣了。不會跟飼主以外的人親暱，自尊心強的狗。有這種形象。

畢竟她光聽到我要表演，就興奮得在一天之內把大綱寫出來，到底有多像忠犬啊？尾巴根本就擺個不停，非常可愛耶。

「後來我便問你，為什麼不當童星了對吧？之後，我做了反省喔。是我自以為是地認定小末為人冷漠。我覺得事情是出於無奈，有機會的話就要對你全盤托出。」

「而那就是……今天嗎？」

「對。我覺得要像這樣扮男裝，用阿白的身分跟你見面才有說服力……更重要的是，小末，因為我聽說你今天會復出表演。」

我心裡閃過一陣緊張感。舞台的光彩和重壓深達指尖，讓我全身麻痺。

「你會依我寫的大綱表演什麼呢？之前你只說過要參考，對不對？」

「那是……祕密。」

白草轉了身。接著她直直地望著我，並且問道：

「不然告訴我這一點就好。你是——為了誰而表演？」

白草用眼睛向我傾訴。我不明白那代表什麼，不過她正若有深意地盯著我。

「妳跟阿部學長在交往，對吧？」

「『所以呢』？」

白草蹙起眉頭，表現出憤怒。

「那又如何？」

「——妳好好期待吧。」

我回以自信的笑容，白草似乎就微微地吃了一驚。

「妳擬出的大綱跟我的表演會搭配在一起。我要讓舞台熱鬧到最高點。」

我這麼告訴白草，而她傻眼似的仰頭向天以後——

「這句話，我一直想從你口中聽見。」

如此嘀咕的她露出了微笑。

＊

白草在和風咖啡廳負責的班是第三組，所以有必要在那之前換回制服。

她告訴末晴，而末晴表示「我有點事情要思考，所以會留在這裡」。

因此白草把帽子深深地戴回去以後，就獨自先走下樓梯。

於是她發現在三樓的走廊——志田黑羽正靠著牆壁等在那裡。
「……可知同學，小晴口中的阿白果然就是妳。」
「原來妳發現了啊。」
「因為我常去小晴家裡。之前我靈光一現，叫他拿了相簿給我看。」
「……那是怎樣，莫非妳在向我炫耀？」
「哦～妳聽得出我在炫耀啊，可知同學。真不愧是小說家。」
白草的太陽穴浮出青筋，而黑羽不服輸地瞇了眼。
「對了，告訴妳一件事情。我呢，已經要求他叫我『小白』了。」
「……啊，是嗎？」
彷彿從地底響起的沉沉嗓音。
「這麼說來，他是不是都叫妳小黑？假如妳覺得自己享有特權，那就抱歉嘍。對了，順帶一提，我會叫他『小末』。妳羨不羨慕呢？」
「那又算不了輸贏，那樣就以為自己贏了的話，器量會不會太小？」
「……哦～在故事裡，青梅竹馬可是必輸的喔，敢問妳曉不曉得？」
「可知同學，妳把現實跟故事混為一談了啊？腦袋還好吧？」
「呵呵……呵呵呵。」

「啊哈！哈哈哈。」

她們倆散發的氣息讓旁人戰慄，臉色隨之蒼白。

「「────哼！」」

不久雙方就同時把臉一轉，頭也不回地朝著相反的方向走了。

＊

阿白就是白草的真相遲了點才震撼到我，因此跟白草分開後，我在樓梯坐下，茫然地發呆。

多虧白草向我吐實，以往的謎團解開了不少。

比方她為什麼會對周遭的人態度強悍，為什麼對我就相對溫柔，還有她立刻擬出大綱給我的原因……諸如此類。

萬一────我是說假設。萬一我在暑假前就發現白草＝阿白，我們的關係會變得如何？有別於當下……我將可以跟她以情侶關係迎接文化祭────是不是也有這樣的未來存在呢？

（……真是愚蠢的妄想。）

我甩了甩頭打消思考。

不過，她那麼說是什麼意思？

『妳跟阿部學長在交往，對吧？』

『「所以呢」？』

白草顯然在生氣。她的憤怒該怎麼解讀？

有幾種解讀的方式。

——既然你曉得就別問了。事到如今向我告白也沒有用喔。

看成有這種含意應該是妥當的吧。

——明明我們聊得正進入狀況，別講那種掃興的話。

或許她是這個意思也說不定。

——所以你就不肯在「告白祭」上向我告白了嗎？

要這麼解讀倒也可以。

目前是怎麼樣不得而知，但白草確實曾對我懷有強烈的好感。而且彼此之間的歧見已經化解不少，現在感覺我並沒有被她討厭。儘管那算不算愛慕之情仍值得懷疑。

（趁現在告白的話，行得通吧？）

我也有這種感覺。

白草聲稱她跟阿部在交往，但考慮到她曾如此思念著我，難道那不是因為我沒有發現她就是阿白，才用來氣我的嗎？

要如此推測倒也可以……不，換成哲彥的話，我想他會這麼說：

『欸，就算以前做了約定，為什麼你要把那跟戀愛扯在一起？這跟那是兩碼子事吧？』

啊～～超像他會講的話！而且那種嚴苛的說法通常才是現實。

要說的話，以前我或許輝煌過一陣子，如今卻只是個平凡高中生。阿部既是型男又當演員又有錢。

靠回憶加分能贏嗎？太吃力了吧？

這麼一想，我認為阿部設局算計我的說法還是十分有可能。

正如黑羽所擔心的，要是我在「告白祭」上獲勝，還向白草告白——

『我啊，喜歡的是阿部學長。真希望笨蛋能夠滅絕。』

對方有可能準備了如此惡毒的陷阱，要在全校學生面前狠狠甩掉我，這一點至今仍然否認不了。

被那樣對待的話，我心裡會留下一輩子的陰影，感覺連活下去的自信都沒了。

（不過，我非得拿定主意才可以。）

要讓阿部輸得心服口服，就只能冒著風險進攻。

而我求的又是什麼？報仇嗎？或者——

思考理不出頭緒，我一邊搔頭一邊走下樓梯。

於是當我來到三樓的時候，就發現黑羽背靠牆壁在吃章魚燒。
「呀呵～～小晴。你閒著吧？要不要一起逛文化祭？」
就算是我也看得出來，這女的，居然一直尾隨我。
「難道說，妳全都聽見了？」
「你是指什麼？」
「小白的事。」
黑羽噘起嘴巴，然後張口吃了最後剩下的章魚燒。
「你說的小白是指可知同學吧？你們變得挺要好的呢～～」
「與其說變得要好，我們本來就有交情啦。只是之前沒有發現。」
「哦～～不過明明有空窗期，你卻叫她小白。我是小黑，可知同學則是小白。感覺好像是我比較黑心。」
「沒有那種事啦。」
「就是有。」
這種拐彎鬧彆扭的方式，不像黑羽的作風。
難不成，這是表示……
「妳該不會是在嫉妒？」

「！？！？！？」

黑羽頓時脹紅了臉，還一面用牙籤尖端指著我，一面逼近過來。

「我、我為什麼非要嫉妒啊！再、再說，我姑且是在跟你交往啊！像她那種輸家，我又不會放在眼裡！」

「欸，妳真的很討厭小白耶……」

「啊～～！你又叫她小白！怎麼搞的嘛，那個字音，聽了就討厭。非常非常討厭。」

社交性強的黑羽難得排斥成這樣。換成平時，她講話會再含蓄一點。

從這部分來看，黑羽現在可說比平時還要坦率。

「哈哈！這樣啊。」

我發現某件事，就笑了出來。

「怎樣？」

黑羽盡顯不悅地瞪我。

「沒有啦，妳平時都會擺出大姊風範來關心我嘛。」

「……然後呢？」

「想到妳頂多只會對我像這樣發洩不滿，我才發現這就是妳撒嬌的方式。」

「！？！？！？」

黑羽瞬間像熱水器一樣臉發燙——

「啊。」

她逃掉了。

大概是黑羽頗不想讓我看見臉吧。或許她是因為心慌，明知道前面路不通，卻還是爬上我跟白草剛才交談的那道通往樓頂的階梯。

「喂，小黑。」

我一追，黑羽就遮著臉——

「你別追過來！」

她如此大叫。哎，聽她那麼說，我哪有可能不追。

我們很快就到了盡頭。通往樓頂的門關著，所以黑羽就蹲在爬上樓梯後的角落，遮著頭縮成了一團，簡直像躲進貝殼的寄居蟹。

「那個，小黑……」

「不要碰我！」

黑羽並沒有看我才對，我的行動卻完全被她猜透了。青梅竹馬，可畏也。

「你走開啦！」

「何必這麼說……欸，妳是怎麼了啊？之前，妳對我講過更羞人的話吧？現在為何又……」

黑羽只有微微回過頭，然後又關進貝殼裡了。

「小晴，你不可以逗我……」

「咦？」

黑羽奮然起身，鼓足力氣踮起一四八公分的身高，敲了我的頭。

「就說了！之前我也強調過！由我挑逗你是可以的！因為我有做心理準備！但是你逗我就不可以！因為我沒有心理準備！」

「啊～～……」

這麼說來，之前有過類似的對話。仔細想想，黑羽會害羞不已，都是我稍微越線而占到上風的時候吧。

「果然，妳只是裝成姊系形象，本質卻不是那麼一回事。姊系形象需要的從容跟靈敏，妳都不夠嘛。」

「囉嗦囉嗦囉嗦。」

我被軟拳捶了一頓。由於內心非常過意不去，我就坦率地道歉了。

「是我錯了啦。我不會再說那些讓妳心慌的話。」

「……知道就好。」

黑羽挺起形狀漂亮的胸脯，但是因為個子矮就顯得架勢不太夠。話雖如此，說出來的話又會引起一番口角，所以現在我先閉了嘴。

於是黑羽低下臉，一面窺伺我的動靜一面說道：

「不過，就我們兩個獨處的時候，你要開口逗我也是可以喲……」

「那樣究竟是可以或者不可以，說清楚哪一邊啦！」

「你聽不懂嗎！兩邊都有啦！」

唔哇，黑羽表現得好有女生的調調。我真的不知道該怎麼應對……

「受不了，小晴就是這樣……」

黑羽回到大姊姊模式以後，聳了聳肩膀。

「這一點，你要好好想清楚。因為這是大姊姊出給你的作業。」

我當場就舉起手。

「有，大姊姊，我把作業做完了。」

「速度太快倒是讓人介意……算了。所以說，小晴，你的答案是？」

「我現在了解自己是搞不懂的了。」

「那你只是嫌思考麻煩而已嘛！」

「嗯，坦白講就是這樣。」

「……我會好好教教你，所以陪我逛文化祭。」

我被黑羽擰著耳朵，陪她逛了各式各樣的活動。

午餐自然不用說，各種展覽及活動、體育館舉行的表演，還有在音樂教室演奏的樂團，我們都去看過了。

隨著我們東逛西逛，文化祭的閉幕儀式便接近了。

「小晴，我們在這裡分開吧。」

我們二年B班的教室位在二樓。學校裡分為有教室的新校舍，以及包含了辦公室與圖書室等各個處室的舊校舍，二樓則以穿廊相繫。

我們正待在那座穿廊的中央。

「你接下來有事情要做吧？」

「……是啊。」

「我並不曉得你要做什麼，也不曉得那是為了什麼。畢竟我反對你復出表演，而你也沒有要求我幫忙，所以就什麼都沒有說。」

「小黑……」

「不過呢，唯有這一點希望你能了解。我會反對你表演，是因為我曉得你經歷了多麼痛苦的心情，又是在什麼樣的心情之下放棄當童星。」

坦白講，我不想回憶當時的事情。

媽媽過世以後，我就不敢站到鏡頭前了。沒有任何人發現媽媽死去，還擱著鏡頭一直拍攝的現實。那實在太過可怕。明明發生同樣狀況的可能性近乎於零，恐懼卻在腦海裡閃現，讓我全身都抖得無法表演。

我認為休養是迫不得已，但其實後來的日子比較痛苦。

當年的我雖是個孩子，仍以當童星建立的地位為榮，而且自豪。那是我的自我認同。

被迫將其捨棄的我失去了依靠。

我失去了能對人自豪的事物，以往累積起來的成就不見了。

從擅長學習的人身上剝奪學習；只有在體育方面能獲得誇獎的人受了傷而不能再運動。想像起來應該與這些類似。

我喜歡表演。站在鏡頭前的緊張感、吸引到觀眾的滿足感、讓人受感動的成就感，每一項都難以取代。

所以——我留下了後悔。

我還辦得到吧？為什麼沒能辦到？已經不行了嗎？我還想表演耶——

如此的念頭曾在我內心打轉。

黑羽則看著那一切。

——媽媽去世，我魂不守舍地過了一年。

——振作起來以後，我卻無法表演而痛苦掙扎。

——認命的我對所有事都死了心。

——後來我如實接納日常生活，又逐漸從中找到喜悅。

「就是啊。小黑，我的一切都讓妳看在眼裡。」

「小晴，我不希望你的內心再受到痛苦。但是既然你能提起拚勁向前邁進——我想聲援你。

我希望你能什麼都不顧，自由自在地去做。所以——」

「小黑……？」

我看得出黑羽在發抖。她迅速環顧四周，正在留意旁人。

我完全不懂她想做什麼，但是傳達過來的唯有緊張感。

「——小晴。」

黑羽下定決心抬起臉以後，突然就高舉手臂，朝我的臉賞了一巴掌。

「啪」的一聲清響。突發的狀況讓走在周圍的學生們停下腳步。

我扶著發熱的臉頰，而黑羽嫣然一笑。

「好，這樣我們的關係就歸零了，你要做什麼都跟我沒有關係。」

黑羽話中的含意，我透過周圍的私語聲領會了。

「咦，丸同學和志田同學起了感情糾紛？」

「姓丸的又做了蠢事嗎！」
「當真？志田同學變成活會了嗎！」
……我懂了。黑羽有聽見白草坦承自己就是阿白，所以她認為我的復仇心大概已經消失了，才會幫忙布局，讓我能在這次「告白祭」闖進活動中向白草告白。
我跟黑羽被外界當成在交往，所以我向白草告白的話，就會變成差勁透頂的劈腿男。然而，剛才我挨了黑羽一巴掌，彼此分手的消息就一口氣傳出去了吧。這樣的話，就算我跟白草告白也不會奇怪。
「小黑……」
黑羽帶著出了一口氣的痛快表情說道：
「真受不了，別讓我為你做到這一步啦。即使我就像你的姊姊——」
她的臉色逐漸黯淡，話也說到這裡就暫時停住了。
黑羽欲言又止，改口後又再次愣住。
「即使我就像你的姊姊——」
當她重複相同的台詞時，一道淚水流了下來。
「…………抱歉。」
黑羽眼淚也不擦地調頭。

我想追，卻停下了腳步。

——別追過來。

黑羽這麼說。接著她還這麼告訴我。

——我會看著的。

我覺得這樣就夠了。

答案將在「告白祭」上揭曉。與其現在追過去跟她講話，那麼做會好得多。

我望著黑羽離去的背影握拳……然後掄向自己頭上。

「叩」的沉沉一聲，灼傷般的疼痛在拳頭和腦袋蔓延開來。

我在嘴裡嘀咕。

「——對不起，小黑。」

我下定決心，拿出手機，撥了電話給哲彥。

*

那天的「告白祭」籠罩著獨特氣氛。

「三年A班……竹中加苗同學！一年級時，我從跟妳一起擔任運動會執行委員的時候就喜歡妳了！請跟我交往！」

「噢噢噢噢噢噢！」

如同往年，勇敢與魯莽只在一線間的男同學陸續登台。活動辦得正熱鬧。

然而所有人都已經察覺，重頭戲在後面。

——阿部充。

知名演員的兒子，本身也已經出道演連續劇的新銳演員；假如在穗積野高中舉辦人氣投票，肯定會成為男生第一名的學生。他參與了這場活動的消息早就眾所皆知。

排他後面告白的學生或許會大為失色……學生會顧及這一點，就將他排到最後。

他會向誰告白，大部分的人都心裡有數。

——可知白草。

以高中美女芥見獎作家身分上過電視的她，其美貌亦為人所知。

據傳男女雙方早就在交往。然而阿部對此始終不予置評。

『阿部以往明明什麼都不講，現在才說要參加「告白祭」是怎麼回事啊？』

『好像只是因為經紀公司的關係才不能講啦。但是在「告白祭」講出來的話，經紀公司就壓不住消息。他似乎想爆料讓事情一發不可收拾，然後逼經紀公司的人認同。』

『既然要公開就一口氣搞得盛大點是嗎？這招夠猛，他滿有男子氣概的嘛。有意思。』

這樣的風聲已經在不知不覺中傳開。

即使同樣是活動中湊成的情侶，藝人告白的話就會成為新聞，如果雙方皆為名人當然就更加轟動。所以眾人的期待不知不覺地增長，大家都交頭接耳地在猜阿部會用什麼方式告白。

「那麼，最後輪到十一號——三年A班，阿部充同學上台告白。」

體育館的舞台中央擺著一支麥克風。會場的燈光熄滅，彷彿要將告白者突顯成主角，聚光燈打在麥克風的位置。

阿部就出現在那裡。

「呀啊————！阿部學長————！」

「討厭啦～～！向我告白嘛～～～～！」

尖叫和歡呼交相傳出，會場的熱情一舉沸騰。

阿部餘裕十足。他露出平時的王子般笑容，還揮了揮手回應歡呼。應對方式可以說真不愧是藝人。

「各位好，我是阿部。」
阿部朝著麥克風一講話，尖叫和歡呼又擴散開來。
他默默地等現場安靜，當聲浪變成微波才再次開了口。
「因為我口才不好，用講的感覺會表達得不太靈光……我打算表演歌與舞蹈。」
阿部把手舉高，舞台後方就吵雜起來。吉他手、貝斯手、鼓手各自帶著樂器出現，轉眼間便準備就緒。
「縱使是敵人也得說他秀的這一手高明。」
舞台更後面的死角，有兩個人在光照不到的地方互相耳語。
「他接下來才要開始秀吧，哲彥。」
「哎，確實是這樣，末晴。」
阿部在練樂團的事情很有名，但除非是相當迷他的粉絲，否則就不會去過演唱會。因此會場熱度更上一層，支持鼓勵的喊聲迸散開來。
阿部跟樂團成員用視線對話後，接到ＯＫ的信號而點了頭。
「讓各位久等了。團裡似乎已經準備好了，請讓我在此獻唱。」
阿部將視線移向會場，目光停留在最前排的一名少女身上。
「——可知……白草學妹。」

「「「「呀啊啊啊啊啊啊啊啊啊啊啊啊啊啊啊啊啊啊！」」」」

發狂般的尖叫聲在體育館迴盪。

「我將這首歌獻給妳。曲子是迷幻蛇的……《Child Star》。」

迷幻蛇是目前以銷量冠軍見稱的人氣搖滾樂團，其成名曲為七年前發表的《Child Star》。

基本上《Child Star》是連續劇的名稱，這首歌曾被用在片尾。而且以這首曲子搭配舞步迷倒觀眾的就是「天才童星」丸末晴，《Child Star》則成為收視率超過百分之三十的爆紅節目。

在偶像歌曲、流行歌曲、動畫歌曲等樂曲容易暢銷的這年頭，罕見以「搖滾帥氣感」當主打的舞曲。此外，這首曲子表現了少年追逐夢想而掙扎的心情，雖然並非情歌，卻可以解讀為實現夢想＝追到喜歡的女生，就成了以往曾在「告白祭」上被唱過兩次的名曲。

〈筆記簿上畫的塗鴉　仍然還留著　那一天許下的約定　仍然還記得〉

「唔哇……」

所有人都瞬間理解。他的歌喉屬於足以用「好嗓子」形容的境界。

「阿部學長——！」

醉心於阿部的女同學眼睛已經變成愛心形狀。明明他宣言這首歌是為了可知白草而唱，帥氣過頭的歌聲卻讓她們在腦裡轉換成是唱給自己聽的了。

少女們會有這種反應也是無可厚非。阿部本來就夠俊俏，如今在舞台聚光燈照耀之下，比平時還要燦爛三倍之多。

「可惡，他連舞都跳得好棒……」

連語帶嫉妒的男同學看了都不得不服。《Child Star》這首歌「曲調奔放，舞步更是激烈」。忽而跳躍凌空，忽而止步迴身。手腳非得俐落才能步步到位，舞步間還不能讓麥克風離手。呼吸當然會喘，然而歌聲依舊不能停。

歌由搖滾樂團操刀，舞蹈由天才童星來跳，基本上就已經是各自分工。沒有人設想過要一併表演，歌曲和舞蹈同時獻藝，因而可以說是難上加難。

阿部的歌與舞是值得鑑賞的，流暢動作讓人感受到他至今以來的修練。

而被獻予這套歌舞的可知白草——只是默默地盯著阿部。

她的表情略顯緊繃，感覺並沒有喜上心頭。看起來雖然像是臉紅，受燈光影響也不好確認。

儘管被周圍的女同學投以嫉妒目光，她本身卻好像絲毫不放在心上。

歌聲籠罩會場，第一節就要唱完了。

「……那個裝模作樣的學長，比想像中還有一套嘛。」

舞台後面。褐髮痞子男——笨渣搭檔裡負責耍渣的甲斐哲彥開口嘀咕，使得笨渣搭檔裡負責耍笨的丸末晴稍稍回過頭。

「……的確。」

「是個強敵耶。末晴，你能贏嗎？」

末晴對哲彥說的話哼聲一笑，然後背對他豎起了拇指。

「——輕輕鬆鬆。」

如此嘀咕以後，末晴就衝到了聚光燈打下的舞台中央。

一瞬間，他曾露出自信十足的笑容——還有只望著前方的霸氣眼神。

哲彥擦了沿著臉頰流下來的汗。

「糟糕……真的假的……我居然會覺得那傢伙很帥……這不可能吧……」

「變身已經完成了」。

在練習時也是這樣。末晴變身後就一切都不同了。

氣質不同；身手不同；臉色不同。

然而大概是因為現在正式上場——他的存在感比練習時高了一階……不，高了兩階。

此刻，那傢伙並不是末晴。他已經類似於「英雄的化身」。

畢竟不這樣想的話，實在讓人受不了。

（看著那傢伙會讓我興奮成這樣……這絕對有鬼啦！）

高得離譜的才華、表演魅力。哲彥對此一面咂嘴一面仍忍不住笑出來。

「嗯……？」

「那傢伙搞什麼啊……？來鬧的嗎……？」

「他不是二年B班的丸嗎？那傢伙也要上台參一腳……？」

末晴的出現一瞬間讓會場鬆懈了。

表演發生意外？感到納悶的觀眾大有人在，不過在表演中實在沒人敢上前阻止。演奏的樂團成員們也疑惑出了什麼事而慌亂，但負責帶團的阿部打暗號要求繼續表演，他們才曉得這是安排好的。

間奏結束，歌曲進入第二節。

阿部和末晴兩人就隨之朝麥克風同時唱出了歌聲。

〈彼端嚎啕的哭聲　仍然迴盪著　送予妳的言靈　仍刻在心裡〉

現場的氣氛就此全面刷新——

「啥！」

「咦……？」

「剛才那陣歌聲，怎麼來的？」

驚愕與震撼將體育館吞沒。

阿部有副好嗓子，在這所學校恐怕屬於頂尖等級。

但是在短短一瞬間，所有人都懂了。

——「這一邊的才是真貨」。阿部即使唱得好，依然是假貨。

末晴的唱功是效法迷幻蛇原唱。

不過阿部也有做到這一點。高音的悠揚和低音的渾厚可以說是阿部更勝一籌。

但兩者就是不同。「問題不在唱功高低，差異在是否能直達人心」。

靠一小段歌詞展現出區別的末晴——轉了身背對觀眾。

連續劇的片尾也是從這個姿勢起頭。在背對螢幕的時候瞬間轉向前，獨占觀眾視線。

那壓倒性的存在感及面貌——跨越七年歲月成為傳奇的那支舞，就此重現於眾人眼前。

「喂，那是怎麼搞的……他太會跳了吧！」

「舞技強到不行……明明阿部學長也很厲害，卻完全跟不上他……」

「他這是真功夫吧……等等，丸這個姓氏——難道他就是當年的小丸？」

「啥！真的假的！那個白痴會是小丸？」

「不然你看嘛，這支舞——無論怎麼想都是本尊啊！」

末晴平時跟現在的落差讓同學們來不及理解，表演擺在眼前卻也否定不了。真功夫秀出來以後，大家只能相信了。

「嘿嘿，這就是我要的。我就想看這一幕。」

舞台後頭。哲彥用食指搓了搓鼻尖。

哲彥回想起這十天的特訓生活。起初，末晴吐了好幾次，也昏倒了好幾次。哲彥幫末晴準備嘔吐用的水桶，還在末晴昏倒時用濕抹布敲他的頭，硬是逼他醒過來。

然而，末晴絕不叫苦。

他的身段逐漸有了改變。舞步變得俐落，顫抖停了下來。

可是在昨天練習完的時間點，成果明顯遜於當年拍攝的影片。

但現在何止比練習時好，甚至超越了過去。

「搞什麼……你辦得到嘛！既然辦得到，從最初就該把本事拿出來嘛，混帳！害得一直在擔心的我像個傻瓜！」

正式上場才能見真章，在舞台上才會更加耀眼，這就是他以往被稱作天才童星的特質。

「可惡，居然藏了這麼久——你的才華，果然並沒有枯竭！」

原本那般耀眼的阿部——在末晴面前顯得失色了。

臉孔並沒有改變。阿部是型男，末晴則平平凡凡。

然而丰采與存在感並不是靠臉決定的。

「小末……」

在最前排望著舞台的白草眼裡流下淚珠。

年幼時的憧憬；之後的失戀與悲傷；即使如此仍不死心而努力的那段日子。

那些情緒在白草心中亂竄，化成淚珠流了下來。

「你——不是沒辦法表演了嗎？」

趁歌曲的空檔，阿部在台上朝末晴搭話。

「你心裡應該有很深的陰影，現在卻——」

「我說學長。」

末晴用袖子擦去額頭的汗水，露出了自信笑容。

「——要在喜歡的女生面前耍帥，還管他什麼陰影啊？」

阿部倒抽一口氣，然後釋懷了。

沒錯，確實是這樣——

阿部漫無目的地嘀咕，然後悄悄離開舞台。他只打了暗號叫樂團成員繼續演奏，就無聲無息地離去。

那時候早就沒有人在注意阿部，目光被末晴獨占。

「你果然是真材實料，丸末晴學弟。」

阿部只有回頭看了一眼，然後就帶著暢快的表情從舞台消失。

歌曲結束，體育館被掌聲籠罩。

觀眾的興奮、喜悅直接傳達過來。

（……我回到舞台上了。）

我任由心跳加速，體會到莫大的安心與滿足感。

「剛才完美重現的那支舞，是由演藝同好會提供的表演！表演者為二年B班丸末晴！」

從司儀手裡搶到麥克風的哲彥抓準機會做介紹。真受不了，哲彥做起這種差事就是一流的。

「……話說大家看完就曉得了吧，其實那才不是什麼完美重現，在場的就是本尊啦！見識到歷經七年成長後的歌藝和舞技了嗎！我們搞東搞西，都是為了接下來要做的事！換句話說，接著才是重頭戲！演藝同好會的第二段表演即將開始！霸占阿部學長的舞台就是為了這一刻——講到這裡應該懂了吧？丸末晴要告白啦啊啊啊啊！」

哲彥那傢伙超會炒氣氛。局面的演變全在預料中，但體育館悄然一片，眾人充滿了期待。

儘管難以啟齒，可是我已經打定主意——只能拚了。

我把嘴湊向麥克風。

「——可知白草同學。」

「是、是的！」

白草緊張得聲音變調。以冷漠為人所知的白草難得如此。

「啊，不對，我講錯了，改口重來一遍……小白。」

「……小末。」

白草睜大眼睛，然後恢復冷靜，微微地點了個頭。

「我想告訴妳——」

可以看見白草吞嚥了一下。

我做了深呼吸，然後緩緩說道：

「——我『曾經』喜歡妳。」

「咦……？」

我有想要表達的想法，不過單純講出來的話，我實在沒有信心能傳達給對方。

所以我拚了命地下工夫。

我用表演者的身分當眾復出，並且技壓阿部，才來到了這座舞台。

以舞台而言，這裡並無不足之處。正是因為在眾人矚目下，言語才會有分量與熱度。

「因為我喜歡過妳，聽到妳開始跟阿部學長交往的傳聞時，讓我受了很大的打擊。我之所以能像這樣重回舞台，說起來並沒有多大原因。我就是想跟阿部學長對抗，說穿了，我有心向妳和阿部學長報仇。但是我在東忙西忙的過程中發現了，發現『對自己來說最重要的事物』。」

我將目光挪往旁邊。她在白草左邊隔了約十個人的最前排。

「——志田黑羽！」

我吸氣到極限，然後用最高的音量一舉喊出來。

「我喜歡妳～～～～～～～～～～～～～～～～～～！」

麥克風被我喊到爆音，觀眾捂起耳朵。

然而告白的我內心興奮到最高潮！

話講到這裡已經停不住了。化為失控特快車的我滔滔不絕地一口氣把滿溢的情念吐露出來！

「我發覺了！發覺妳一直都陪在我的身邊！因為有妳待在身邊，我才得到了救贖！以往給妳添了困擾，對不起！往後我或許還是會給妳添困擾，但我需要妳！」

大家的目光集中到黑羽身上。

原本黑羽將手交握在胸前，一直靜靜地聽著我說，而哲彥把麥克風遞給她了。

黑羽用雙手握起麥克風，仰望舞台上的我。

如貓一般的可愛眼睛睜得大大的。在這陣子之前，我都沒發現黑羽是這麼可愛。

但現在不同了。拒絕黑羽的告白以後，我才曉得缺了她的生活會是什麼樣。被她用直率的好感對待，被她開口示好，我切身體會到心中的喜悅。

在我跟內心陰影交戰時，是黑羽給了我最確切的建議。而且比任何人都關心我的也是黑羽。

原本我傾心於白草，但現在不同了，跟復仇並沒有關係。

我現在——傾心於黑羽。

「——小黑！我喜歡妳！拜託妳跟我交往！」

黑羽露出了前所未見的滿面笑容，然後朝著麥克風明確告訴我：

「——不要。」

「……………………………………………………………………………………………………咦？」

我心裡一陣混亂，而視線飄移到最後——我又試著問了一次。

「跟我交往……不行嗎？」

「——不要。」

「……當真不行？」

「真的真的。」

「…………………」

「…………………」

我試著用手勢問了：「不行嗎？」於是黑羽就用手比了叉叉符號。

為了讓心情冷靜，我深深呼吸——然後抱住腦袋。

「為什麼啦〰〰〰！」

——此刻，我已對初戀復仇完畢。

一瞬間，黑羽露出得逞的表情。除了她本人以外，沒有任何人發現這一點。

終章

＊

文化祭結束後，間隔週末與敬老日，到了週二。

哲彥進教室就發現，二年B班的狀況簡直可以總括成「死屍累累」一句話。

「唔～～好可怕～～女生好可怕～～」

末晴正陷入一場醒不來的惡夢。他絕望地身體扭來扭去，剛到學校就趴在桌上。

這也難怪。末晴費了那麼大勁豁出去告白，被甩掉所受的打擊應該非同小可。

堪稱一生一度的告白。拚了命地特訓，還大費周章安排好舞台，辛辛苦苦到最後卻被甩掉，出那種糗足以在心裡留下一輩子的陰影，往後他就算變得不信任女性也不奇怪吧。

「…………」

白草同樣趴在桌上，像是死了一樣僵著不動。

哲彥都知情。他曉得白草以前被叫作阿白，還對末晴念念不忘。

在文化祭當天，他跟黑羽一起豎起了耳朵聽那兩個人對話，而當白草走下階梯的時候，哲彥就已經閃人，因此他只是沒跟末晴見到面罷了。

所以哲彥有大致掌握到他們的關係，也能推敲出白草對末晴的想法。

（可知白草的真命天子，從一開始就是末晴嘛……）

哲彥會如此篤定，是因為文化祭閉幕儀式結束後，他曾經跟阿部對過答案。

……

…………

…………

『阿部學長……你是不是為了讓末晴回到舞台上，才會扮黑臉？』

文化祭閉幕儀式結束後，哲彥向對方這麼搭話，阿部便停下了原本忙著收拾樂器的手。於是他先是對樂團成員表示要離開，接著就來到了體育館後面以便慢慢聊。

『你為什麼會那樣想？』

『有一個原因是學長所選的曲子。迷幻蛇那首《Child Star》，不就是末晴的成名作嗎？先開口挑釁，又特地挑了對手過去的擅長項目來競爭，那當然會讓人覺得奇怪啊。』

『……原來如此。』

『再說，我曉得學長並不是壞人。』

『我被稱讚了嗎？倘若如此倒是讓人高興。』

『啊，因為我是壞人，所以我討厭學長。』
『原來如此……你比傳聞中的還要老奸巨猾呢。』
『對呀，是有人這麼說我。不過末晴嫉妒得都失心瘋了，好像就沒有發現。那傢伙只有在舞台上才會散發光彩，其他時候都扶不起。』
『看來是那樣沒錯。』
阿部沒有明說，但是這應該可以視為他承認自己暗中扮黑臉了。
『這次風波，請問是從哪裡起頭的？啊，順帶一提，我對末晴與可知的過去知道一些。』
『我想想……這次的事情，是摻雜了好幾項因素才會發生。』
阿部豎起了食指。
『首先有一個前提，就是白草她始終都喜歡丸學弟。我跟她的關係就像兄妹一樣。我不曾把白草當成戀愛對象，而且我想白草對我也是一樣的。』
『原來如此。雖然我隱約有察覺到就是了。』
『只是白草堅信自己在小時候被丸學弟拋棄了，或者說甩掉了。雖然後來她發現是個誤會，卻因為對丸學弟用情太深，才轉變成有心報仇。』
『報仇……』
『沒錯，白草對他沒認出自己就是小時候要好的阿白感到盛怒，才打算用這種方式報仇。

「她要讓丸末晴喜歡上自己再甩掉他，讓他嘗到跟自己一樣的痛苦」——白草是這麼策畫的。』

『這樣啊，原來如此……』

末晴有說過，當白草跟他獨處時，態度是十分親切的。目睹女生對其他男生冷淡，卻只對自己露出笑容，大部分的男人都會誤解。表示白草為了讓末晴陷入情網也下了苦功。

『但是丸學弟卻遲遲不肯向她告白。事情拖到後來，她視為眼中釘的志田學妹就向丸學弟告白了。雙方沒有修成正果固然讓白草安了心，但是他們倆的關係仍親密到令人大意不得。當白草煩惱該怎麼辦的時候……就因為一時衝動而謊稱跟我正在交往。我沒有目睹現場所以不清楚，據說丸學弟曾經跟志田學妹在教室秀恩愛？』

『唉，對啦。他們那樣是有秀到恩愛沒錯。該怎麼說呢，因為志田並沒有死心，告白以後就進一步跟末晴拉近距離，或者說去除了內心的隔閡，他們確實是變得比之前更親近了。』

『後來白草就心思大亂了。我勸她實話實說把誤會解開就好，不過白草的自尊心很高。她還大吵大鬧地說：「由我主動告白就等於認輸了啊。」「錯就錯在小末沒有認出我。」』

『啊～～對耶，我可以想像。學長還真辛苦。』

『你能理解是嗎？所以嘍，白草需要別的點子，我就向她提議了。由我扮黑臉承受丸學弟的所有仇恨，再讓假意幫忙的白草接近他，然後把誤會解開來就好。』

『可是學長，你那樣沒有得到什麼好處吧？』

『有啊。』

『是什麼好處？』

『我啊──可是天才童星丸末晴的熱情戲迷。』

『──』

哲彥無話可說了。

原來如此，這麼一想事情就串起來了。

『我在挑釁丸學弟的時候，曾經跟他說過。我就是看了他演戲，才會想要演戲的。後來我還告訴他，我體認到自己缺乏才華以後，就對他產生了嫉妒，但只有最後提到嫉妒的部分是假的。我看了丸學弟演戲，自己也跟著想要演戲，而知道自己缺乏才華以後，我一直都對本身能力無法企及的丸學弟感到敬佩。我不忍心看著他就這樣埋沒下去。假如能讓他重新振作，被討厭我倒是無所謂。』

『哇～～學長果真人超好。』

『你就是討厭我這一點吧？』

『看嘛，學長的態度從容成這樣……是啦是啦，如學長所說，我就是討厭這一點。』

或許這個人才是最大的贏家──哲彥心想。

這次的事情讓許多人受了打擊，唯獨這個人卻達成了「讓末晴振作」的目標。

『我也有事情想問你，志田學妹真正的用意是什麼？』

『學長是指她拒絕末晴的告白這件事？』

『那當然也包含在內……應該說，我好奇她至今為止的思路。』

『我也是剛剛才察覺的啦，志田跟可知的狀況一樣。』

『一樣？』

『——我敢說，她也是在對初戀報仇。』

『原來如此。那麼，該不會志田學妹的目標也一模一樣——』

『志田打的主意應該是「讓丸末晴喜歡上自己再甩掉他，讓他嘗到跟自己一樣的痛苦」吧。可知花了好幾年成為末晴會憧憬的女性固然有驚人之處，不過志田被甩掉才短短一個半月，就讓末晴重新迷上自己，同樣是執念驚人。這麼一想，最後的贏家應該是志田吧？』

『不，這可難說喔。我倒認為他們「全都輸慘了」。』

『？學長這話是什麼意思？』

『你跟我過來聽聽看就知道了。』

哲彥順著阿部招手的意，跟他去了別的地方。

阿部帶哲彥去了位於社辦大樓的羽球社社辦。門關著，豎起耳朵卻能聽見裡面傳出來的嘀咕和啜泣聲。

『我剛才收拾樂器時偶然發現的。』

門後的嘀咕聲。那是在說──「笨小晴」。

『笨小晴……笨小晴……笨小晴……笨小晴……笨小晴……』

用不著問也知道那是誰。會講這種話的人只有黑羽。

『或許，志田學妹的感情是可以稱為執念，但我更覺得她是既純粹又專情的。』

『她對末晴喜歡再喜歡再喜歡不過，明明就要修成正果了，卻怎麼也無法原諒末晴甩過她一次。所以志田才會甩掉對方回敬，心裡卻還是對末晴喜歡再喜歡再喜歡不過，而她正為了這件事後悔不已……是這樣對吧。』

『否則她大概沒辦法讓自己回歸起點吧。志田學妹是有這樣的特質。她非常會算計，卻有著挺感性的部分，或者說無法把事情做到絕。』

『比方說呢？』

『今天舉行「告白祭」之前，聽說志田學妹賞了丸學弟巴掌，兩個人就分手了，但是聽目擊者的說法，在發抖的人似乎是志田學妹。』

『啊～～原來如此。表示志田有計算到與其繼續假裝跟末晴交往，先分手製造對末晴方便的局面還比較能強調她本身有多好心。但是本能卻在否定這種做法，忍不住就發抖了。』

『沒錯，所以我認為志田學妹骨子裡是既純粹又專情的。』

『由我看來倒覺得是既倔強又扭曲……唉，畢竟感情是駕馭不住的嘛。包含所有零零總總的環節在內，大概可以說初戀就是這麼令人無奈吧。』

哲彥說完以後，阿部便微微一笑。

『正是如此。初戀應該就是這樣。』

…………………

……………

……

當哲彥從思考的世界回神時，他就把書包放到自己的座位。

看向旁邊，黑羽也還是趴在桌上。有朋友擔心而搭話，黑羽卻只是回答先放著她不管就好。

不知道那是在害羞，或者自我嫌棄。

蠢得讓人受不了的結局。

有一個男的跟兩個女的都以為自己被甩了，就想著「要讓對方迷上自己再甩掉對方」，到最後所有當事者先後成功了，而且沒有半個人跟心儀的對象修成正果。

「唉，反正看起來有趣，對我來說倒是最棒的結局。」

哲彥這樣跟末晴搭話，而末晴聽不懂他的意思——

「啥？你說什麼？」

就只給了這句回應。

於是，通知有校內廣播的鐘聲響起。

「二年B班，丸末晴同學，還有同樣是二年B班的甲斐哲彥同學。聽見這段廣播，就立刻到辦公室。再重複一次。二年B班，丸末晴同學，還有同樣是二年B班的甲斐哲彥同學。聽見這段廣播，就立刻到辦公室。完畢。」

「……？什麼事啊？」

末晴偏過頭，哲彥則是嘆了氣。

「嘖，學校嗅出端倪的速度比我想像中還快。」

「喂，哲彥，我總覺得有超惡劣的預感，你搞了什麼？」

哲彥無視末晴，打了電話。

「啊，對不起，辦公室的老師要叫我過去，你們該不會已經來了吧？啊～～就是那件事害的。能不能請你們先撤退一下？我會試著說服老師的……好，好，那就麻煩你們了。」

哲彥只說了這些就掛斷電話。

「哲彥……剛才那是？」

「嗯？電視台的人。」

「啥？電視台？」

「對啊。昨天他們來要求採訪。」

「採訪你幹嘛？」

「我把你們在文化祭的影片上傳到WE TUBE以後，三天內播放數就破百萬了。」

「…………………………咦？」

「你看這個。」

哲彥把影片的畫面秀給末晴看。

影片標題是——

「傳奇童星小丸在升上高中後表演小羽之舞！技壓新生代演員阿部充，還向芥見獎作家可知白草告白！」

對應到各種搜尋關鍵詞，網址連結都設好了。不只具有話題性，末晴到位的舞步更是大受好評。

「太好啦，末晴。這樣你就多了個綽號叫『被甩掉　百　萬　次　的男人』。」

「哲彥～～！你這傢伙～～！搞什麼鬼啊～～！我會哭喔！我放聲哭給你看喔！」

「啥～～～？這有什麼關係嘛～～！你以為我是為了什麼才退居幕後幫忙的啊～～！」

「臭傢伙～～～！我就在納悶你怎麼會乖乖幫忙，原來是為了這個～～！」

「咯咯咯————！這還用說！為什麼我非得免費做義工啊～～！感謝你帶來的廣告收入！還有以後我會負責經紀工作，做好心理準備吧～～！」

「開什麼玩笑～～！你這個敗類渣男～～～～！」

「啊，順帶一提，現在談話性節目把這段影片當話題，討論度火熱到爆炸嘍。」

哲彥用手機秀出了電視畫面。

『——有這麼一段影片在流傳，各位覺得如何？』

『哎呀～～突然消失的傳奇童星小丸長成了高中生模樣，讓人感慨萬千，不過這內容該怎麼說呢……真是青春……』

『請看這塊說明板。阿部充同學是最近人氣急速上升中的新生代演員。他父親是演員阿部肇先生！可知白草同學則是就讀於高中的芥見獎人氣作家！還有最後出現的志田黑羽同學，她似乎是小丸的青梅竹馬！』

『志田小妹很可愛耶～～我看一遍就變成她的粉絲了。能不能請她來攝影棚？我也想聽她說句「不要」。』

『好亂的四角關係……這比午間連續劇還有趣！』

「……咦？欸，等等喔，這是全國播放的節目？啊，對啦，我跟小白還有阿部確實都挺有知名度，可是……咦？假如置身事外，我確實也會興致勃勃地想看這節目，可是……咦？」

末晴窺探了黑羽和白草的動靜，就發現她們倆連耳朵都紅透，已經陷入絕望了。

「哎喲……笨小晴……這樣我都不能出門走動了嘛……」

「小末……這下要怎麼辦……你會負起責任吧……？」

末晴捏捏鼻梁，讓眼睛消除疲勞以後，就動手勒住了哲彥。

「哲彥～～～！臭傢伙～～～～！你把事情炒到全國都曉得是在搞屁啊～～！給我負起責任啦～～～！」

「要負責的是你吧，末晴，既然是男人就該負責。」

「注意你的用詞～～～！害我被誤解的話要怎麼辦啊～～～！」

在這段期間，新的騷動仍接踵而至。

走廊被喧鬧聲籠罩。喧鬧聲朝二年B班陣陣逼近，騷動也逐漸變大。而位於騷動中心的人物在二年B班門口停下，然後就一口氣把門口整個打開。

「末晴哥哥！」

有個光彩出眾的美少女在那裡。

輕柔帶捲的長髮正隨著她的喘息上下起伏。即使如此，她的舉止仍充滿氣質，迷人的杏眼強調出她有多可愛。

「喂，這個女生——她不是『理想之妹』桃坂真理愛嗎！」

在今年號稱最紅的連續劇飾演女主角的新生代女演員姓名，讓驚覺的眾人發出了感嘆聲。

真理愛卻完全不以為意。她找到末晴以後就潸然落淚，還毫不猶豫地撲向他的懷裡。

「「「「什麼~~~~~~~~~！」」」」

男同學們讓人分不出是尖叫或哀號的粗嗓痛哭聲迴盪開來。

撲上來的力道太強讓末晴跌了一跤，不過他靠著牆壁勉強穩住了。

而真理愛把臉朝末晴湊近，並且亮起眼睛。

「總算找到你了……末晴哥哥……是我……我是屬於哥哥的小桃……」

「好痛……小桃，妳太過火了啦！……該說妳還是這麼莽莽撞撞的嗎……」

「因為……我一直……一直都好想跟哥哥見面啊……」

「哎，不過妳這種性子和說話的口氣還真令人懷念。妳的活躍，我都有看見喔。」

「真的嗎！我好高興！」

真理愛再次抱向末晴。

末晴的臉頓時變得色瞇瞇。有兩名少女並未看漏這一幕。

「……小末，這個婊子──是誰？」

「我也想聽你說明耶……小晴？」

「噫……！」

教室的氣溫降了幾度，狀況太過恐怖，讓旁觀者打起哆嗦。

末晴支支吾吾地開口回答。

「那、那個，她叫小桃，是我當童星時在經紀公司認識的後進。」

「是的，沒有錯！」

真理愛依然摟著末晴，只把臉轉了過去。

「這女孩以前非常內向，所以我身為前輩常常會照顧她。」

「末晴哥哥會教我演技方面的事情，還教我怎麼跟共演者相處，我挨罵時還會護著我……多虧末晴哥哥，才有現在的我。不過，哥哥突然退隱後，我都聯絡不上他……後來看到有那支影片上傳，我就忍不住……」

「我懂了啦！小桃，我懂了啦，所以拜託妳放開我！妳是當紅明星吧？被人看到這樣就不好了吧？」

「……對象是哥哥的話，又沒有什麼關係。」

「不不不，會影響到妳的工作，所以先放開我啦。」

「啊……」

末晴抱起了真理愛，要她退到旁邊。

「真是的，哥哥就是這麼強硬……」

真理愛扭著身子，紅著臉發出嘀咕。

這時候，白草發動攻勢了。

「桃坂小姐？這裡是教室喔。妳認為這裡可以做色色的事情嗎？」

「色色的事情……？這只是肢體接觸啊……順帶一提，色色的事情是指情色方面的事，對不對？明明並沒有情色成分，卻讓人冒出了那樣的想法，我覺得是有那種想法的人自己好色耶，難道不是嗎？」

白草不由得梗住喉嚨，接著就換黑羽插嘴了。

「我告訴妳，外人是不可以進學校的喔。老師很快就會過來，假如妳只是有事情要找小晴，先回去會比較好。」

「可是在校門前過來找我講話的老師一拿到我的簽名就放我進來了耶。」

「這所學校的保全漏洞太大了吧！還有我能理解老師的心情，但是不行啦！」

面對末晴的吐槽，真理愛天真地反問：「是這樣嗎？」

接著真理愛分別望向白草和黑羽，不久就點了點頭。

「啊，我還想說怎麼有點面熟，兩位都有出現在那支影片呢。」

真理愛端正自己的姿勢，禮數周到地鞠了躬。

「初次見面。我叫桃坂真理愛。妳們是哥哥**過去**喜歡的對象——這樣說對嗎？」

「「……………啥～～？」」

黑羽和白草皺了眉頭。真理愛卻毫不畏懼地繼續說：

「不，請容我改口，精確來講，妳們是『哥哥說曾經喜歡過的人』，以及『聽哥哥說喜歡自己卻甩了他的人』對不對？因此解釋成**過去**喜歡的對象，難道有錯嗎？」

「唔呼——！」

末晴在無形間受了傷害。

這也難怪。失戀的情傷未癒，傷口又深。

黑羽和白草都吭不出聲音。

真理愛說的是事實，而且並沒有錯誤。假如她是在嘲諷，這些話聽起來會顯得刻薄，然而她只是講話直率，感受到這一點的黑羽和白草就找不出頭緒來反擊。

「哥哥，你怎麼了？跟**過去的女人**同班，讓你覺得尷尬嗎？」

「啊～～……小、小桃，坦率並不是壞事，但妳講話可以再含蓄一點——」

「不要緊喔，哥哥。我會幫忙把你的煩惱解決得乾淨溜溜。畢竟──」

真理愛臉頰泛紅，還用雙手遮住了發燙的臉。

「末晴哥哥是我的初戀對象啊──」

「「「什麼──────！」」」

當紅新生代女演員的告白掀起了眾人的怒吼。

男生們開始準備能弄到的武器，女生們對緋聞亮起了眼睛。

「見不到面以後我才發現……哥哥對我是多麼重要的心靈支柱。所以只要是為了哥哥，我什麼都肯做。當然我也會讓哥哥忘記那些過去的女人。」

末晴戰戰兢兢地回頭，就發現臉色如厲鬼的黑羽和白草在那裡。

「啊，是嗎……原來對小末而言，我已經是過去的女人了……呵呵，我有股想往你眼睛插針的念頭呢……」

「太好了呢～～小晴……你找到了可以代我照顧你的人……找到人代替以後，你就把姊姊丟到一邊了……這樣啊……」

「唔──」

「……咕嚕。」

瀰漫的緊張感讓所有人都吞了吞口水。

最先承受不住的是末晴。

「總之對不起啦～～～——！」

末晴立刻下跪，圖的是解決問題。

以這次的情況而言，假如只有黑羽和白草在場，那不失為一種選擇，壞就壞在有真理愛。

真理愛立刻闖進她們倆和末晴之間。

「哥哥，為什麼你要這麼做？你沒有任何錯，不是嗎？假如妳們兩位要欺負哥哥，就由我來負責奉陪！」

黑羽和白草的太陽穴浮出青筋了。

「哦～～……這女生滿有骨氣呢。她打算把我當壞人，要不要將她打落煉獄呢？」

「小晴，這個女生好像有什麼誤解，你跟她把話說清楚嘛——礙眼的小女生閃一邊去……你就這麼告訴她吧。」

「噫……」

「慘了啦，慘了啦……」

現場變成了舉世罕見的恐怖魔境。

看熱鬧的人臉色發青，同學們隨之顫抖。

多虧另一派完全不同的勢力，使狀況有了改變。

「喂，你們這些人！都在做些什麼！」

老師的出現讓三名少女從末晴身上移開注意。

哲彥抓準機會從背後推了末晴。

「喂，總之你先趁現在溜。」

「哲彥……謝啦！」

末晴立刻跨過窗戶，然後沿著排水管逃離教室。

「啊——」

「他溜掉了耶——」

黑羽和白草見狀也想追上去而趕到走廊。

當真理愛也準備追的時候，哲彥叫住了她。

「桃坂真理愛——妳想不想要末晴的聯絡帳號？」

「！」

真理愛停下腳步，顯得有些猶豫，但最後還是拿出了手機。

「……希望你能告訴我。順帶一提，你是？」

「甲斐哲彥，末晴的朋友。」

「你是站在我這邊的嗎？或者——」

哲彥若有深意地笑了。

「我會站在感覺有趣的那一邊。」

三個人因初戀而焦心，又被報仇念頭纏身的故事到此結束。

然而初戀是永恆的。報仇結束後，故事仍會繼續。

而這就是故事的序章。

沒有盡頭的戀愛會何去何從？

這又是另一段故事了。

後記

大家好，我是二丸。感謝您這次解囊購買《青梅竹馬絕對不會輸的戀愛喜劇》。至於以前買過我筆下作品的讀者……好久不見！初次見面的讀者，幸會！謝謝大家奉陪至此。

本作如標題所示，是一部戀愛喜劇。最近寫的盡是嚴肅題材，因此能出版戀愛喜劇讓我感到吃驚……這是我坦率的感想。

嚴肅的題材靠本能寫得出來喔，將劇情走向設定得令人雀躍，再顧及均衡來安排角色，接著只要準備好伏筆，花費時間與衝勁就完成了。

不過，我覺得戀愛喜劇就相當纖細。尤其像這次是沒有科幻設定的校園劇，就必須靠角色及對話，還有角色的相互關係性將趣味慢慢熬出來。我認為角色之間的相處氣氛在當中舉足輕重，但是我個人不試著去寫就難以掌握這一點。

主題已經定為「青春過度」、「初戀」、「報仇」，因此一面注重於此，一面寫出來的結果是……如您所見！坦白講我比平時煩惱了三倍之多。

像這樣完成的本作。讀完以後，若是能讓您覺得有趣，身為作者便再高興不過。作者是單純的，心思便會如此。

喔，頁數還有剩，因此來談談近況。

這次出版相隔了許久，其間我的身體狀況變得好多了。

我成功戒菸了；開始打羽球了。

身心均衡，還有生活習慣，我深切感受到這兩者都很要緊。身心狀況欠佳的話，開心的事情就會變得不開心。因此哪位讀者若是心裡有數，慢慢來就好，還請多多保重……這是經驗之談。

而且我希望這部作品，對那樣的讀者能夠成為排遣。

最後，黑川編輯、小野寺編輯，很抱歉盡是給兩位添增困擾。繪製插畫的しぐれうい老師，感謝您提供的精美插圖。還有，由衷感謝願意聲援、支持我的所有人。

二〇一九年　五月　　二丸修一

青春豬頭少年不會夢到迷惘女歌手

Kadokawa Fantastic Novels

作者：鴨志田 一　插畫：溝口ケージ

咲太等人又碰上了未知的思春期症候群？
全新劇情展開的青春豬頭少年系列第十彈！

咲太等人升上大學，過著嶄新又平穩的生活，某一天——偶像團體「甜蜜子彈」的隊長卯月感覺怪怪的，總是少根筋的她居然會看周遭的氣氛……？咲太感覺事有蹊蹺，但是其他學生都沒察覺她的變化。這是碰上了未知的思春期症候群？還是——？

各 **NT$200~260/HK$65~78**

在流星雨中逝去的妳 1~4 待續

Kadokawa Fantastic Novels

作者：松山剛　插畫：珈琲貴族

以「夢想」與「太空」為主題的感人巨作，
驚天動地的第四集！

「Europa」出現在大地等人面前，彷彿呼應了伊緒說的「我聽說大流星雨的主謀就在這間高中」。形跡詭祕的黑井冥子與大地接觸，她有什麼令人震驚的真面目？遙遠太空傳來的「加密文章」；神祕的線上遊戲《GHQ》；大流星雨的「真凶」終於現身——

各 **NT$250/HK$83**

GAMERS電玩咖！ 1~9 待續

Kadokawa Fantastic Novels

作者：葵せきな　插畫：仙人掌

走投無路的天道花憐終於下定決心！
另外，最強最惡劣的魔王現身了？

雨野景太和星之守千秋比以前更在意彼此，天道花憐提出關鍵性建議——「在這段情場追逐中，我們要不要定個期限？」另外，雨野面前出現最強新角色。「那麼，下次我就要雨仔的『嘴脣權』好了。」強制進入BOSS戰的彆扭落單「青春」宣告結束？

各 **NT$180~240/HK$55~75**

不起眼女主角培育法 1~13、FD1~2、GS1~3、Memorial1~2

Kadokawa Fantastic Novels

作者：丸戸史明　插畫：深崎暮人

不褪色的回憶集錦──
超人氣青春塗鴉的FAN BOOK再度登場！

完整收錄現已難以入手的短篇。此外還有讀了可以更深究劇場版樂趣的原作者訪談，再加上總導演／配音成員專訪，充實豐富的內容值得一讀，至於特別短篇則收錄了致使倫也向惠痛下決心的「blessing software」頭一筆商業接案！

各 **NT$180~220/HK$55~73**

我們不懂察言觀色 1~2（完）

作者：銀 鏡缽　插畫：ひさまくまこ

讓不懂察言觀色的我們籌劃婚禮？
自由自在的邊緣人們上演的學園破壞系愛情喜劇！

小日向刀彥無視在場氣氛的言行已稱得上是一種災害了。看不下去的學生會長下令，要他與同樣不懂得察言觀色的遺憾系美少女們組成志工社，學習人情世故。隨著解決委託而羈絆更加堅定的志工社，這次要在校慶上替班導師舉行婚禮!?

各 **NT$200/HK$65**

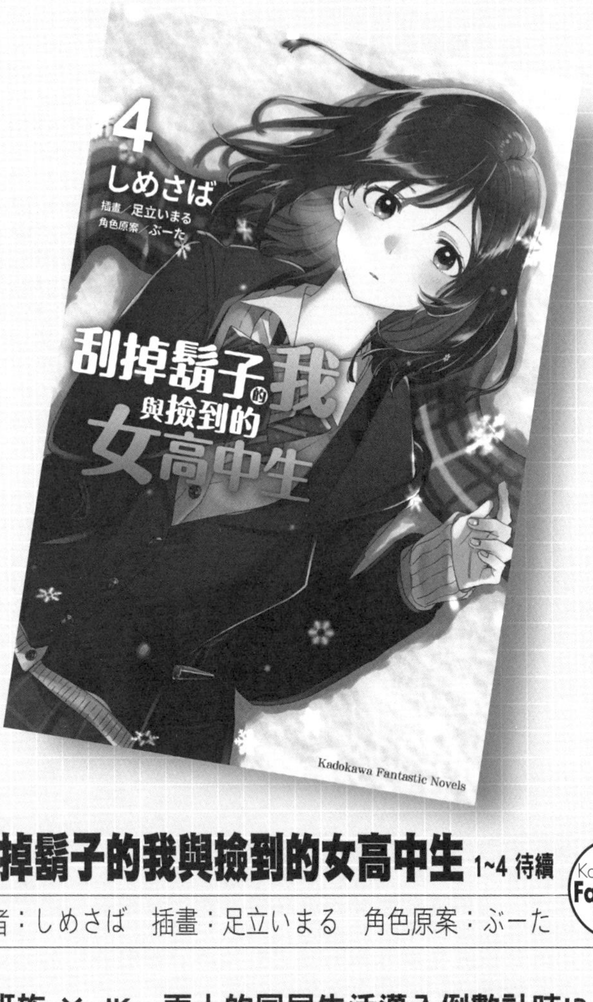

刮掉鬍子的我與撿到的女高中生 1~4 待續

Kadokawa Fantastic Novels

作者：しめさば　插畫：足立いまる　角色原案：ぶーた

上班族 × JK，兩人的同居生活邁入倒數計時!?
日本系列銷售突破70,0000冊！

沙優的哥哥一颯突然來訪，兩人的同居生活突然面臨結束。回家期限在即，沙優緩緩道出自己的往事，關於學校，關於朋友，關於家庭。沙優為何會離家出走，而來到這麼遙遠的城市呢？這段日子跟吉田住在一起，她所獲得的又是什麼？事態急轉的第四集！

各 NT$220~250/HK$73~83

獻上我的青春，撥開妳的瀏海 1~3（完）

Kadokawa Fantastic Novels

作者：凪木エコ　插畫：すし*

莎琉推銷計畫正進行得如火如荼，
她本人卻驚爆回國宣言!?

小櫻對我告白，莎琉也猛烈追求我。我被左右包抄!!此時，莎琉改善社交恐懼症的絕佳良機——校慶近在眼前。對兩位青梅竹馬的回覆，推銷莎琉的計畫……這可是高中生涯最大的一仗!!我才剛打起精神，莎琉就發表回國宣言!?

各 NT$200~220/HK$65~68

與佐伯同學同住一個屋簷下 I'll have Sherbet 1~5（完）

Kadokawa Fantastic Novels

作者：九曜　插畫：フライ

為了補償錯身的那段日子，
兩人甜蜜的戀愛喜劇第五幕即將開演！

弓月恭嗣和佐伯同學在各自家裡度過了歲末年初的時光後，接著迎來第三學期。不僅寶龍同學釋出善意想要改善關係，還有佐伯同學的朋友芳木燿來家裡借宿，兩人過著忙亂卻又愉快的每一天。期間，自稱紅瀨家管家的男人出現在兩人面前——

各 **NT$220~270/HK$67~80**

冰川老師
想交個宅宅男友
OTAKARE
!!---PLEASE---!!
第一堂課
Author 篠宮夕
Illustration 西沢5ミリ
Kadokawa Fantastic Novels

國家圖書館出版品預行編目資料

青梅竹馬絕對不會輸的戀愛喜劇/二丸修一作；鄭人彥譯. -- 初版. -- 臺北市：臺灣角川股份有限公司, 2021.02-
冊；　公分. -- (Kadokawa fantastic novels)
譯自：幼なじみが絶対に負けないラブコメ
ISBN 978-986-524-249-7(第1冊：平裝)

861.57　　　109020418

Kadokawa
Fantastic
Novels

青梅竹馬絕對不會輸的戀愛喜劇 1

（原著名：幼なじみが絶対に負けないラブコメ）

2021年2月4日 初版第1刷發行

作　者：二丸修一
插　畫：しぐれうい
譯　者：鄭人彥

發行人：岩崎剛人
總編輯：蔡佩芬
編　輯：孫千棻
美術設計：莊捷寧
印　務：李明修（主任）、張加恩（主任）、張凱棋

發行所：台灣角川股份有限公司
地　址：105台北市光復北路11巷44號5樓
電　話：（02）2747-2433
傳　真：（02）2747-2558
網　址：http://www.kadokawa.com.tw
劃撥帳戶：台灣角川股份有限公司
劃撥帳號：19487412
法律顧問：有澤法律事務所
製　版：巨茂科技印刷有限公司
ISBN：978-986-524-249-7